Ida von Reinsberg-Dürigsfeld

Hendrik

Eine Geschichte aus Antwerpen

Ida von Reinsberg-Dürigsfeld
Hendrik
Eine Geschichte aus Antwerpen
ISBN/EAN: 9783743671737

Hergestellt in Europa, USA, Kanada, Australien, Japan

Cover: Foto ©Andreas Hilbeck / pixelio.de

Weitere Bücher finden Sie auf **www.hansebooks.com**

Hendrik.

Eine Geschichte aus Antwerpen

von

Ida von Düringsfeld.

Leipzig,
J. A. Bergson-Sonenberg.

I.

Antwerpen ist eine liebenswürdige Stadt, die Antwerpner sind fast durchgängig höchst angenehme Leute, aber unausstehlich sind die Antwerpner Vigilantenkutscher. Für's Erste prellen sie wirklich mehr als es erlaubt ist. Es kommt fast nie vor, daß einer von ihnen nicht mehr verlangte, als er zu verlangen hätte, und zwar von Einheimischen ebenso gut, wie von Fremden. Dann kennen sie die Stadt schlecht, wissen höchst selten, wo Jemand wohnt, verstehen sehr wenig Französisch und sprechen ein so unglaublich schlechtes Patois, daß man sich selbst auf Vlämisch nur äußerst mühsam mit ihnen verständigen kann.

Die Hofräthin Hermann, welche nebst ihrer Tochter an einem schönen Aprilnachmittag 1858 mit dem Zuge von drei Uhr fünfundbreißig Minuten zum ersten Male nach Antwerpen gekommen war, machte sogleich diese unangenehme Erfahrung.

Sie wollte nach einem gewissen Hause in einer gewissen Straße, bewohnt von einem gewissen deutschen Kaufmann, an welchen ein Freund in Dresden ihr einen Brief mitgegeben hatte. In der Meinung, daß in Belgien überall Französisch gesprochen werde, versuchte sie ihr Französisch an dem Kutscher — er verstand sie nicht. Ihr Französisch war nicht besonders gut, vor so und so viel Jahren in wer weiß welcher Schule erlernt, denn die Hofräthin war zwischen Vierzig und Fünfzig. Aber die Tochter, die nur zwanzig Jahr alt war und folglich ein moderneres Französisch

sprach, versuchte mit ebenso wenig Erfolg dem Kutscher be=
greiflich zu machen, wohin sie wollten. Er schüttelte fort=
während den dicken Kopf unter dem flachen, schlaffen Hut,
und die Vigilante stand unverrückt auf dem grünen Kirch=
hof unfern von dem Hôtel St. Antoine. Endlich wandte
das junge Mädchen sich an die Mutter und fragte ruhig:
„ob wir nicht lieber zuerst in einem Hôtel absteigen, Mutter?"
„Aber Du weißt's ja, wir wollten eben deßwegen zu=
erst zu dem Herrn, damit er uns ein gutes Hôtel empfehle,
welches zugleich nicht zu theuer sei. Hier am grünen Platz
— denn das muß der grüne Platz sein — soll es einem
die Augen aus dem Kopfe kosten."
„Für eine Nacht," wandte die Tochter ein. „Und dann
wird der Kutscher uns leichter begreifen, wenn wir ihn
nach einem Hôtel fragen."
Während sie so rathschlagten, ging ein junger Mann
vorüber, den der Kutscher von Ansehen kannte. Er rief
ihn an und bat ihn dringend, doch einmal zu fragen, was
die beiden Engländerinnen wollten, mit denen er durchaus
nicht zurecht kommen könne. Der junge Mann näherte
sich dem Schlage und sich auf Englisch an die Mutter
wendend, stellte er sich den Frauen auf das Artigste zur
Verfügung.
Die Hofräthin sah ihre Tochter an. Diese nahm das
Wort. „Meine Mutter versteht kein Englisch," sagte sie,
„wir sind Deutsche." — „Desto besser," antwortete mit
einem muntern Lächeln der junge Mann.
Das junge Mädchen konnte sich nicht enthalten, eben=
falls zu lächeln. Dann theilte sie ihm mit, in welcher Ver=
legenheit sie sich befänden.
„Ich kenne den Herrn nicht, aber ich weiß das Haus,"
sagte er, „nichts leichter, als es zu finden." Er wandte sich
auf Blämisch an den Kutscher und beschrieb ihm ganz ge=
nau wie er fahren sollte. Der Kutscher hörte mit der
größten Aufmerksamkeit und mit dem besten Willen zu,
aber er konnte es doch nicht begreifen, wo das Haus wäre.
Lustig ungeduldig sagte der junge Mann: „Da bleibt mir

nichts übrig, als Euch den Weg zu zeigen." Er ging mit
raschen, leichten Schritten voraus, der Kutscher fuhr, zu=
frieden mit sich selbst, hinterdrein. Man muß gestehen,
daß der Kutscher leicht mit sich zufrieden war.

Binnen zehn Minuten kam die Vigilante vor dem
Hause an, welches so schwer zu finden gewesen war. Der
Kutscher stieg ab und schellte, die Hofräthin stattete ihrem
artigen Führer eine etwas zu wortreiche Danksagung ab,
die Tochter begnügte sich mit einer zierlichen Neigung des
Kopfes. Der junge Mann blieb noch stehen, er dachte,
die Frauen könnten seiner noch bedürfen. Und in der
That war es so. Als das Haus endlich geöffnet wurde,
was ziemlich lange währte, da fand es sich, daß der Herr
in England und die Frau leidend, kurz, ein Mal mehr
ein Empfehlungsbrief nutzlos war. Das Mädchen machte
die Hausthür wieder zu, der Kutscher wartete phlegmatisch
der Dinge, die da kommen sollten, und der junge Ant=
werpner näherte sich von Neuem und bot abermals seine
Dienste an.

Die Hofräthin erschöpfte sich abermals in Danksagungen,
indessen dabei erfuhr er nicht, was sie eigentlich nun wolle,
die Tochter nahm mit einer frostigen Bestimmtheit, welche
den jungen Mann unangenehm berührte, von Neuem das
Wort und fragte nach einem Hôtel. Zurückhaltender als
bisher nannte er das Hôtel Rubens. Die Mutter gerieth
in Entzücken, daß sie in ein Hôtel kommen solle, welches
nach dem „unsterblichen Meister" genannt sei. Zugleich
lud sie den jungen Antwerpner ein, mit ihnen zurückzu=
fahren. „Wenn der Weg nach Hôtel Rubens der des Herrn
ist," warf die Tochter dazwischen. — „Das ist so," sagte
er und stieg ein. Es war ihm, als müsse er diesem jungen
Mädchen trotzen, welches ihm zuerst so freundlich zugelächelt
hatte und ihn jetzt auf ein Mal so kalt ansah. „Ich möchte
nur wissen, was ich ihr gethan habe," dachte er, „eigentlich
habe ich noch keine Zeit gehabt, ihr etwas zu thun. Denkt
sie, ich habe mich auf der Straße ohne Weiteres in sie
verliebt und wolle mich ihr sogleich aufdrängen? Davor

ist sie sicher." Und um ihr das zu beweisen, wandte er sich mit den gewöhnlichen Fragen, welche die Einheimischen an die Fremden thun, zu der Mutter.

Die Hofräthin hatte keine Geheimnisse. „Ich bin Wittwe," sagte sie, „folglich, leider, unabhängig — Künstlerin und deßhalb hier. Einer unserer geistreichsten Schriftsteller, den Sie vermuthlich kennen," (sie nannte ihn) „ein genauer Freund von mir, hat mir öfter gesagt, nur von Rubens könnte ich lernen, was Farbe sei. Ich habe in Düsseldorf studirt, aber man lernt nie aus — ich komme nach Antwerpen, um Rubens' Schülerin zu werden. Und auch um von Ihren jetzt lebenden großen Meistern zu lernen. Wappers, Gallait —"

„Gallait ist in Brüssel, Wappers in Paris," sagte der junge Mann, „aber wir haben Leys und De Keyser."

„Und Sie kennen diese Herren?"

„Ich kenne so ziemlich alle Welt," antwortete er, „wohlverstanden die artistische und die literarische. Was die große Welt betrifft, so kenne ich sie nicht," setzte er heiter hinzu, „also —"

„O," unterbrach die Hofräthin ihn lächelnd, „ich bin für den Augenblick nur Künstlerin."

Das klang ein wenig wie Herablassung, auch war der junge Mann etwas betroffen, er wußte nicht recht, wie er diesen Ton aufnehmen sollte. Bevor er noch mit sich darüber in's Reine kommen konnte, fing die Tochter an, sich nach der Literatur in Antwerpen zu erkundigen. Um ihr zu antworten, wandte der junge Mann sich zu ihr und sah mit Befremden, daß sie jetzt ebenso glühend roth war, wie sie vorher blaß ausgesehen hatte. Diese Farbe verschwand jedoch bald wieder, und das regelmäßige Gesicht des jungen Mädchens erschien wie vorhin, bleich und rein. Sie sprach übrigens so ruhig, als hätte sie gar nicht die Farbe gewechselt. Ihre Fragen waren bestimmt und zeugten von viel Verstand, wurden jedoch mit so großer Kälte gethan, daß man nicht hätte entscheiden können, ob sie aus Interesse oder nur der Form wegen fragte. So viel ist gewiß, daß sie die Unterhaltung nicht eher fallen ließ, als bis der junge Mann sagte: „hier ist das Hôtel Rubens." Es waren Zimmer zu bekommen, was in Antwerpen nicht immer der Fall ist. Der junge Mann half den Frauen heraus, die Mutter fragte ihn, ob sie ihn wiedersehen würden. „Gewiß," antwortete er, „ich stehe ganz zu Ihren Diensten. Wann darf ich kommen?" — „Es ist so herrlich heute, daß wir gegen Abend noch ausgehen werden," sagte die Hofräthin. — „Ich nicht, Mama," sprach das junge Mädchen kalt und nachdrücklich. — „Ich bedaure sehr — für diesen Abend bin ich nicht frei," beeilte sich der junge Mann zu sagen, „und da ich Redacteur bin, so habe ich außer an Sonntagen immer nur den Nachmittag zu meiner Verfügung. Wenn Sie mir morgen um fünf Uhr erlauben wollen —" Es wurde so verabredet; er überreichte der Mutter noch seine Karte; Hendrik Van Loon hieß er. Die Hofräthin wiederholte nochmals ihre Danksagungen, die Tochter grüßte artig, aber gehalten. Van Loon empfahl sich.

II.

Hendrik Van Loon beeilte sich, den Heimweg wieder einzuschlagen, auf dem er sich befunden hatte, als er von dem Kutscher in Nöthen angerufen worden war. Er hatte Hunger, und das konnte ihm auch erlaubt sein, denn es war bereits über fünf Uhr. Seine Mutter machte ihm auf, sie hatte ihn am Fenster vorbeikommen sehen. Sie wunderte sich, daß er so lange ausgeblieben wäre; für gewöhnlich war er mit dem Schlag Vier da, denn nach halb Vier verließ er die Redaction. Hendrik antwortete ihr, er wolle ihr Alles erzählen, während er äße. Es war im Wohnzimmer bereits für ihn gedeckt; seit er Redacteur war, konnte er nicht mit der Familie um Zwölf essen — so nahm denn sein Couvert sich auf dem ziemlich großen Tisch etwas verloren aus. Allein blieb er jedoch darum nicht; als die Mutter ihm seinen Kalbsbraten mit Salat aufgetragen hatte, setzte sie sich zu ihm — sie leistete ihm fast immer Gesell=

schaft, erzählte ihm, was während des Vormittags im Hause und in der Nachbarschaft vorgegangen war, hörte von ihm die Neuigkeiten aus der Stadt und aus der Welt. Es war eine ganz schlichte, kleine, alte Frau, was wir ein Mütterchen nennen, fünfundsechzig alt, schwächlich durch allzu angestrengtes Arbeiten, in ihrer Kleidung getreu ihrem Stande, dem der kleinen Handwerker. Aus einer Zeit, wo von Volkserziehung noch nicht einmal geträumt wurde, konnte sie weder lesen noch schreiben, aber sie hatte gesunden Verstand und traf beim Urtheilen instinktmäßig das Richtige. Henbrik theilte ihr daher Alles mit, was ihn betraf, ja, er las ihr öfter Gedichte oder Geschichten vor, sowohl von sich wie von seinen Freunden. Wenn „Mutter" weinte — im Vlämischen wird selten die oder meine Mutter gesagt, meistens immer schlechtweg Mutter oder Vater — also wenn Mutter weinte, so hatte Henbrik eine hohe Meinung von dem Gedicht oder von der Geschichte, dann war der wahre, reine Volkston getroffen.

Auch heute erzählte er ihr von Anfang bis zu Ende die Begegnung mit den beiden Deutschen, und fragte Mutter, wie sie wohl die plötzliche Veränderung in dem Betragen des jungen Mädchens erklären würde.

Das kam der alten Mutter benn doch ein wenig schwer vor. So gleich von vornherein ein junges Mädchen enträthseln und erklären sollen, welches man obenbrein noch gar nicht gesehen hat — Henbrik hatte gar zu großes Vertrauen in Mutters Instinkt. Sie sagte auch kopfschüttelnd: „Aber, Rik, wie soll ich denn das wissen?" Dann setzte sie nach einem kurzen Ueberlegen hinzu: „vielleicht war sie nichts weiter als grillig — die Mädchen heutzutage sind es. Zu meiner Zeit nicht, da war Jedermann verständiger und gesetzter als jetzt. Seht, Rien ist doch auch oft grillig."

In Henbrik's beweglicher Physiognomie war es deutlich zu sehen, daß die Erwähnung „Rien's" von Seiten Mutters ihm nicht ganz angenehm war. Die Mutter nahm es wahr, sie kannte ihren Liebling gut, denn ihr Liebling war Henbrik — sie konnte auf ihn von ihren Kindern am meisten stolz sein, er war der gescheidteste, hatte die beste Stellung, war im Zuge, sich einen Namen zu machen. Sie ließ folglich Rien fallen und zu dem ursprünglichen Gegenstande des Gesprächs zurückkehrend, sagte sie: „Wenn das junge Mädchen so unfreundlich gewesen ist, so braucht Ihr ja nur nicht wieder hinzugehen."

„Ja, aber, Mutter, ich hab's versprochen, und sie kennen doch keinen Menschen — man muß den Leuten doch helfen, wenn sie fremd sind."

„Ja sicher," bestätigte Mutter.

„Und die Mutter, die ist auch ganz anders," fuhr Hendrik fort, „äußerst freundlich und zuvorkommend — vielleicht, daß die Tochter auch so ist, wenn sie mich erst besser kennt — ich möchte doch gern etwas besser deutsch sprechen lernen."

Hendrik hätte nicht so viele Gründe herbeizusuchen brauchen, Mutter hinderte ihn in Nichts, was er zu thun wünschte oder für gut befand, nur wenn er viel zu Rien ging, war sie nicht „content", wie die Vlamingen sagen. Und doch wollte er das heute wieder, denn er sagte: „Ich wäre diesen Abend gleich wieder hingegangen, um sie so ein Bischen in der Stadt herumzuführen, es ist nur, daß ich es Rien versprochen habe, heute noch zu kommen."

„Was wollt Ihr denn heute noch mit Rien?" fragte Mutter, die er von der Seite ansah, als fürchtete er, gescholten zu werden.

„Ach, nur ein Bischen wandeln gehen." Wandeln gehen heißt spazieren gehen.

„Rien geht gern wandeln," bemerkte Mutter.

„Ach, Mutter, sie ist doch noch so jung —"

„Wohl, sie ist vierundzwanzig, so alt wie Melanie jetzt sein würde, wenn sie noch lebte." Mutter seufzte und machte ein andächtiges Gesicht — es war deutlich, daß sie Melanie in's Leben zurückwünschte.

Sie war aufgestanden und wollte aufräumen, denn Hendrik war mit seiner einfachen Mahlzeit bereits zu Ende. Im Allgemeinen sind die Vlamingen sehr mäßig im Essen, im Trinken nicht immer. Hendrik war's in Beidem, das sah, man an seiner Gestalt. Ohne gerade schlank zu sein, hatte sie eine große elastische Leichtigkeit und war noch völlig jugendlich. Auch das Gesicht war noch jung, sehr dunkel an Farbe, etwas flach, ohne Regelmäßigkeit in den Zügen, aber, wie ich bereits sagte, von großer Beweglichkeit, lebendig und abwechselnd durch Ausdruck. Die Augen waren groß, von einem sonderbaren fahlen Dunkel, nicht braun, nicht grau; sie blitzten leicht auf. Ueber den vollen dunkelrothen Lippen saß höchst unverschämt ein kleiner schwarzer Schnurrbart, und das Haar war eine undurchdringliche Verwirrung von matt metallischem Eisenschwarz — in ganz vlämisch Belgien gab's gewiß kein entschiedeneres „Krollebolleken", als Hendrik Van Loon. Ich habe anderswo auch Krausköpfe gesehen, aber solche wie bei den Vlamingen noch nie, und nirgends sonst. Und krauser und wirrer als Hendrik konnte man keinen finden.

Alles zusammengenommen war's ein Junge, den anzusehen den Augen einer Mutter wohlthun konnte, und als er nun den Arm um Mutter schlug und die kleine alte Frau zu sich zog, den Kopf an ihre Schulter legte, schmeichelnd zu ihr in die Höhe sah und überredend fragte: „Wohl, Mutter, im Wandeln da ist doch nichts Schlimmes?" da war es nicht zu verwundern, daß sie seine Stirne streichelte, während die Runzeln auf der ihrigen sich glätteten, und keinen schärferen Tadel fand, als die bedenklichen Worte: „wenn's nur beim Wandeln bleibt!"

„Es soll schon dabei bleiben, Mutter," sagte er mit einer höchst entschiedenen Miene in seinem guten, braunen Gesicht, welches jedoch, die Wahrheit zu sagen, ebenso viel Leichtsinn wie Intelligenz verrieth. „Die Jungens müssen zu den Mädchen gehen und complaisant sein — man will doch so das Plaisier haben, so lange man noch jung ist. Aber was Ernstes wird nicht daraus, Mutter; och*), ich hab' an ganz andere Dinge zu denken. Jetzt, z. B. muß ich gleich an einen Artikel über die Südslaven —" Hendrik sah

---

*) „och" steht vlämisch für „ach."

unendlich weise aus, Mutter räumte gelassen ab — was gingen sie die Südslaven an? Hendrik streckte und reckte sich; eigentlich hätt' er es den Südslaven sehr gedankt, wenn sie ihn auch Nichts angegangen wären, aber man ist nicht umsonst Redacteur; Hendrik war in drei bis vier Sprüngen die Treppe hinauf und in seinem Zimmer.

III.

Hendrik spielte noch nicht lange den Redacteur. Erst seit October des vorigen Jahres. Wenn je die Liberalen und Katholiken in Belgien mit einander gekämpft, auf einander geschimpft, einander moralisch und physisch Fußtritte und Rippenstöße versetzt haben, so war es bei den Kammerwahlen im December 1857.

Schon mehrere Monate vorher ging das Geplänkel los, und um bei diesem Vortreffen fechten zu helfen, wurde in Antwerpen eine neue Zeitung gegründet. Es ist das in Belgien ein sehr beliebtes Mittel. Der oder jener reiche Mann will gewählt werden, vielleicht wollen es auch zwei reiche Männer. Abgeordneter sein giebt eine Stellung; wird auch die Kammer aufgelöst, wird man nicht wieder gewählt, so heißt es doch ein für alle Mal, Herr so und so, „ehemaliges Mitglied von der Kammer der Volksvergegenwärtiger." Diesen Titel kann man sich schon etwas kosten lassen.

Ein reicher Antwerpner nun hatte es sich zwanzigtausend Franken kosten lassen, um das Journal „die Constitution" zu gründen. Zum Hauptredacteur — denn Hendrik war nur zweiter — hatte man einen Mann ausersehen, der sich als „Volksdichter" bekannt gemacht. Ein Volksdichter ist einer, der theils lose lustige Lieder macht, welche in den Estaminets und auf den Straßen im Chor gebrüllt werden können, theils in pathetischen Strophen die Könige als Vampyre, das Volk als das unglückliche Opfer, dem das Blut ausgesogen wird, und sich selbst als den ehrlichsten Mann in der Welt schildert, in der Welt, die so verderbt ist, daß sie den ehrlichen Mann, den Volksdichter, nicht anerkennt und folglich nicht zu schätzen weiß. Daraus läßt sich entnehmen, daß der Volksdichter außer seiner Ehrlichkeit nicht viel besitzen kann, und das war auch wirklich der Fall mit Joseph Coppemans gewesen, bevor der reiche Herr ihm die zwanzigtausend Franken und die Redacteurschaft der Constitution anbot. Joseph Coppemans, den ich der Kürze wegen von nun an Jef nennen will, nahm die zwanzigtausend Franken, schrieb sie auf seine Frau, die eben nahe daran war, ihn zum Vater eines vierten Kindes zu machen, schaffte eine Presse an, die er nicht bezahlte, und machte sich an die Constitution. Allein aber konnte er sie nicht redigiren, er sah sich also nach einem Mitarbeiter um. Hendrik war damals Schreiber im Comptoir eines sehr bedeutenden Handlungshauses. Ein Gönner hatte ihn das Athenäum durchmachen lassen. Der Junge hatte Talent, Eifer, den festen Willen, Mutter bald helfen zu können, Mutter, die nach Vaters Tode Tag und Nacht am Waschfaß gestanden hatte, um das Brot für sich und ihre beiden jüngsten Söhne zu verdienen. Der älteste war schon Buchbinder, das Mädchen ging in ein Atelier plätten, aber die Mutter mußte immer noch viel waschen, um das Allernöthigste zu erschwingen. Das sah Hendrik, sah es nicht nur, fühlte es auch, und lernte so gut, daß er mit sechzehn Jahren schon fertig war, Englisch, Deutsch und Französisch verstand, und sogleich einen guten Posten fand. Nun konnte er doch auch Mutter Geld bringen, wie die Schwester schon mehrere Jahre lang that. War Hendrik damit zufrieden! Sein Patron war auch zufrieden mit dem tüchtigen jungen Schreiber, Hendrik konnte auf Beförderung und höheren Gehalt rechnen, da kam Mephistopheles=Jef an, ungekämmt und ungewaschen — darauf hielt er: schmutzige Hände und ungeordnete Haare waren unumgänglich nothwendig zu der Rolle des ehrlichen Mannes, der die undankbare Welt so liebt, daß er ihr um jeden Preis die Freiheit geben will, selbst wenn sie dieselbe nicht verlangt. Wer, der die Freiheit liebte und wollte, wusch sich je?

Reinlichkeit ist Weichlichkeit, Jef war ein Mann, folglich
stieg er täglich die Schelde entlang, ohne ein einziges Mal
daran zu denken, daß Wasser brinnen sei, und daß man
sich mit Wasser waschen könne. Henbrik bewunderte den
unabhängigen Jef, der auch in seiner Kleidung ein eigenes
Gesetz hatte — die braven Männer, welche die Freiheit
lieben und wollen, sind stets ihre eigenen Gesetzgeber. Zum
Glück hatte Henbrik eine natürliche Neigung für Zierlichkeit,
sonst hätte Jef für ihn gefährlich werden können. In Be=
zug auf seine äußere Erscheinung, mein' ich, denn in Bezug
auf die Meinungen war er es, leider; man bewundert
nicht ungestraft ein unabhängiges Ungethüm. Der ehrliche
Jef hatte während so mancher Abendsitzung im Estaminet
Henbrik's Kopf so voller politischer Zündstoffe gestopft, daß
Henbrik sich seitdem immerwährend im Zustand einer ge=
füllten Granate befand. Es war ein Glück, sowohl wie ein
Wunder, daß er im Frühling 1857 nicht explodirt war,
ohne Bild zu reden, nicht mit großen und kleinen Gassen=
buben Steine in die katholischen Fenster geworfen hatte.
Wenn sein Patron nicht gewesen wäre, und sein Posten
und Mutter, er hätt' es nicht lassen können. Es hatte
ihm in den Fingern gejuckt. „Ich habe mich bewunde=
rungswürdig benommen," pflegte er zu sagen, wenn die
Rede auf diese seine passive Heldenthat kam, „ich habe mich
damit begnügt zu schreien." Henbrik sagte das nicht etwa
ironisch, nein, er glaubte in allem Ernste dem Staate eine
Nachsicht erwiesen zu haben, für welche die Regierung ihm
hätte dankbar sein müssen, und auch sicherlich gewesen wäre,
hätte sie ihre Verpflichtung nur gekannt. Aber wie konnte
sie Henbrik dankbar sein — sie wußte ja gar nicht um seine
Existenz. Nicht existiren für die Regierung, der man doch
so viele harte Wahrheiten zu sagen gehabt hätte, mußte
das einen politischen Brausekopf von dreiundzwanzig Jahren
nicht zur Verzweifelung bringen? Henbrik war also nur
allzubereit für die Verführung, als Jef bei Gersten und
Tabak — Henbrik rauchte, leider, und sogar aus einer der
kleinen weißen Thonpfeifen, welche zu einem modernen Anzug

so wunderlich laſſen — als Jef, ſage ich, den Hut auf dem Kopf. — Jef hatte immer und überall den Hut auf dem Kopf, er betrachtete das ebenfalls als eine Unabhängigkeits=
manifeſtation — wohl, als Jef ſich daran machte, mit ſeiner Ehrlichkeit Hendrik zu übertölpeln.

„Junge,“ ſagte er in dem reinſten, d. h. dem unver=
ſtändlichſten Antwerpner Dialekt, denn Jef ſetzte auch darein eine Ehre, nie rein vlämiſch zu ſprechen, „Junge, was wollt Ihr Euer ganzes Leben da ſitzen und rechnen? Ihr ent=
würdigt Euch, denn Ihr ſeid im Dienſte des Geldes. Ihr müßt in den der Intelligenz treten. Werdet Journaliſt. Der Journaliſt iſt der Herr der Jetztzeit. Die Preſſe iſt die eigentliche Macht des Jahrhunderts. Wollen wir ſie nicht anwenden, he, Junge? Wollen wir's den Schwarzröcken nicht eintränken, daß —“ jetzt folgte eine Litanei von allen Anmaßungen, welche der Klerus gehabt hatte, noch hatte und noch haben würde. „Soll das Miniſterium nicht be=
reuen, daß es mich abgeſetzt hat?“ Jef hatte früher, ich weiß nicht, welchen unſchuldigen kleinen Poſten bekleidet, hatte, ohne allen Begriff von den Pflichten eines Beamten, den die Regierung bezahlt, aufrührerische Reden gehalten, Spottverse auf den König gemacht und war ruhig abgeſetzt worden, ſogar ohne Erlaubniß zu einer hochtönenden Ver=
theidigung oder vielmehr zu einer ſehr unpaſſenden Erklärung zu erhalten, welche er ſich ausſtudirt hatte. Jef prahlte zwar allenthalben von dem Eindruck, welchen ſeine Rede auf die Richter gemacht, aber man wußte es allgemein, daß ihm das Wort im Munde abgeſchnitten worden war. Folglich ſteckte ihm die Rede noch in der Kehle, und er bereitete ſich mit einem innern Triumphe darauf vor, ſie in ſo und ſoviel Artikeln in der Conſtitution loszuwerden. Hendrik war mächtig ergriffen — was konnte er als zweiter Redacteur bei einem liberalen Blatte nicht für Belgien, für die vlämiſche Sache, ja, für die Sache der ganzen Menſchheit wirken? O das mußte „überherrlich“ ſein, aber — Mutter, das Ge=
halt — Hendrik war groß, brauchte mehr, als er gebraucht, da er noch ein kleiner Junge war, konnte doch Mutter nicht

mehr für ihn waschen lassen, und sie so alt schon! Wahr ist es, der jüngste Bruder, welcher Vaters Gewerbe, die Buchdruckerei, erlernt hatte, verdiente jetzt auch schon zwei Franken täglich, und die Schwester anderthalb, aber wenn Hendrik länger Nichts beitrug, war es doch nicht genug für eine Familie von vier Personen. Der ältere Bruder war verheirathet, hatte zwei Kinderchen, der konnte Mutter nichts geben. Und dann — sollte Hendrik sich von der Schwester und von dem Kinde, dem jüngeren Bruder, unterhalten lassen? Es ging nicht. „Es ist sehr Schade, Jef, aber es will sich nicht thun lassen," lautete der Schluß, zu welchem der arme Hendrik gelangte, der mit der Constitution so gern Sturm gegen die verderbte Welt gelaufen wäre; der Sohn war stärker in ihm, als der politische Enthusiast. Jef, der hier eine einfache natürliche Tugend in seinem Wege fand, suchte sie nicht wegzuräumen, dazu war er zu schlau. Wie konnte er Hendrik zureden, nicht an Mutter zu denken, Jef, der jeden Monat wenigstens ein Mal über das Glück beclamirte, arm, ehrlich und Familienvater zu sein! Er lobte im Gegentheil den guten Hendrik, billigte seine kindlichen Bedenklichkeiten und bot ihm dann ebenso viel wie sein Patron ihm gab. Hendrik war halb überredet, aber ein letzter Funken von Vorsicht glimmte doch noch durch die Berauschung, welche ihn umnebelte. „Habt Ihr's aber auch, Jef?" fragte er. „Ich weiß wohl, daß Ihr mir's geben wollt — aber könnt Ihr's auch?" Jef fing an, zu prahlen. Was für Männer hinter ihm und der Constitution standen — nun, er wollte Nichts sagen, aber konnte Hendrik sich nicht auf ihn verlassen? War Jef nicht bekannt? Och! och! Ganz betäubt sah Hendrik eine Zukunft voll Ruhm und Gold vor sich, gab Wort und Handschlag und war zweiter Redacteur der Constitution.

Am nächsten Morgen kam mit der geistigen Nüchternheit das unangenehme Bewußtsein, den gefaßten Entschluß sowohl dem Patron, wie Mutter mittheilen zu müssen. Hendrik that es wie ein braver offener Mensch, der nie hinter dem Berge hält. Er sagte es ohne Umschweife und ohne

Entschuldigungen, zuerst dem Patron, dann Mutter. Der Patron sah sehr mißbilligend darein, er hatte seinen jungen Schreiber wirklich gern, er suchte ihn von dem Schritt, den er in ein neues Feld thun wollte, väterlich abzureden. Jef war bekannt, darin hatte er ganz Recht, nur anders, als er meinte. Man traute ihm Talent zu — das besaß er, aber man glaubte nicht an die Grundsätze, die er nicht hatte. Im Allgemeinen sind die Urtheile der Welt gerechter, als man es ihr zugestehen will, so lange man noch jung ist. Dann nimmt man unfehlbar Partei gegen sie für den Einzelnen, für den Schwachen gegen die Stärke. Jeder junge Mann, der später etwas taugen und leisten soll, fängt damit an, Don Quixote zu spielen. Hendrik vertheidigte seinen Jef sehr warm gegen seinen Patron, der zuletzt mit einem bedauernden Lächeln sagte: „Wohl, wenn Ihr's wollt. Nur wünsche ich, daß Ihr nicht einst bereuend an mich denken mögt." Bei Mutter kam Hendrik gleich damit heraus, daß er's Jef versprochen hätte und doch Wort halten müsse. Die Geschwister — Hendrik aß damals noch mit der Familie — fanden es sehr schön, daß ihr Bruder Journalist werden sollte. Es würde ihm ein Ansehen geben, meinten sie. Was sollte Mutter thun? Sie begnügte sich, stillschweigend den Kopf zu schütteln, wie es ihre Art war, wenn ihr etwas einleuchten sollte und nicht einleuchten wollte. Am Abend, als der künftige Redacteur seiner großen Zukunft entgegenschlief, und Trees und Toon ihm, wenigstens im Schlafen, Gesellschaft leisteten, saß Mutter noch vor dem Herde, wo noch einige Kohlen glimmten. Die alte Frau weinte, Hendrik's Entschluß machte ihr Kummer und Sorge, aber sie hatte nicht weinen wollen, daß Hendrik es sähe. Warum seine Freude stören, seine Hoffnung niederschlagen?

IV.

Die Constitution erschien und machte in gewissen Schichten von Antwerpen Aufsehen, bald auch in dem liberalen Theil der vlämischen Journalistik. Sie schrie gut und kämpfte

den Wahlkampf ungefähr auf die Art, wie Knaben einen
Krieg mit Schneebällen führen, wenn es nämlich Schnee giebt.
Man kann es babei nicht immer ganz berechnen, wem gerade
ein Ball an den Kopf fliegt, und es kommt auch weiter nicht
darauf an. Am Ende, sie that was ihres Amtes war, die
Constitution, sie gab ihren Gründern Geschrei für Geld.
Am Vorabend der Wahlen wurde sie pathetisch und beschwor
die Bürger der geliebten Vaterstadt, sich am nächsten Tage
ruhig zu verhalten, möge siegen, welche Partei da wolle. Die
liberalen Candidaten kamen mit einer glänzenden Mehrheit
durch, Hendrik war auf dem Gipfel des Stolzes und der
Freude: kaum zwei Monate Journalist, hatte er schon etwas
Großes bewirken helfen — was für Aussichten für später!
Er war so erregt, daß Jef ihm mehrmals Artikel streichen
mußte. Jef war viel zu schlau und zu kühl, um sich noch
ein Mal zu compromittiren. Nicht etwa, daß er schließlich
ministeriell geworden wäre, als ein liberales Ministerium
zusammentrat. Jef konnte doch nicht so aus seiner Rolle
des unabhängigen Bürgers fallen. Es ist wahr, man sah
ihn einige Monate später im Vorzimmer vom Minister des
Innern, versehen mit einem schwarzen Frack wie kein anderer
Mensch in ganz Belgien den Muth gehabt hätte, ihn zu tragen,
mit einem übereinstimmenden Hut und mit einer ungeheuren
Cravatte von weißem Musselin, die nicht genug gestärkt war
und daher die Flügel hängen, ließ wie eine geschlachtete Gans.
In diesem Aufzuge war Jef sehr ungnädig, daß man ihn
nicht augenblicklich vorließ. Umsonst stellte ein Freund, der
den Muth so weit trieb, Jef unter diesen Umständen anzu=
erkennen, ihm mit Vernunftgründen vor, der Minister habe
doch unmöglich den englischen Gesandten, der eben bei ihm
war, warten lassen können. Jef hörte nie auf Vernunftgründe,
es lag das in seinem Unabhängigkeitssystem. „Wenn der
Minister glaubt, er könne mich wie einen gewöhnlichen Men=
schen behandeln, so werde ich dem Minister zeigen, was ich
bin," murrte und knurrte er. „Was wollt Ihr aber eigent=
lich vom Minister?" fragte der Freund. Jef wollte fünf=
hundert Franken. Nicht etwa als Subsidien für sein „liberales"

Blatt, nein, Jef gehörte nicht zu den Redacteuren, die sich verkaufen, sondern für ein frommpoetisches Buch, welches Jef geschrieben hatte, und welches nicht recht gehen wollte. Es ist das sehr gebräuchlich unter den vlämischen Schriftstellern, daß sie sich an die Regierung wenden, um einen Beitrag zu den Kosten zu erbitten, welche der Druck ihrer Werke veranlaßt, wenn nämlich die Kosten durch die Unterzeichnungen nicht hinreichend gedeckt worden sind. Meistens wird die Regierung einem solchen Ansuchen gerecht, auch Jef erhielt die Zusicherung seiner fünfhundert Franken. Am Abend saß er in einem Café und sagte in einem sehr hohen Tone: „Wenn der Minister etwa denkt, daß ich seiner miserablen fünfhundert Franken wegen zu allen seinen Decreten schweigen werde, so irrt er sich. Ich werde nach wie vor sagen, was ich will, frei von der Leber herunterſprechen, Alles tadeln, was mir nicht gefällt, denn ich bin unabhängig." Und Jef setzte sich seinen heute ausnahmsweise schwarzen Hut fester und zog würdevoll seine ungeheure Halsbinde in die Höhe.

Dabei ging seine Zeitung. Sie war so eine Art alte Frau Base, wußte allen großen und kleinen Klatsch in der ganzen Stadt. Kein Junge durfte durch ein Kellerloch treten und sich sein Bein brechen — arm Schäfchen! warum gab es Kellerlöcher? — das zeugte von keiner Sorgfalt der Regierung für's „Volk" — also, kein Junge durfte durch ein Kellerloch treten oder eine Flasche mit Oel zerbrechen oder auch nur das Geringste mausen, kein Mann durfte seine Frau und keine Frau ihren Mann prügeln, kein Paar unglücklicher Matrosen durfte sich die Festlanderholung einer kleinen Keilerei gestatten, ohne daß Gevatterin Constitution ihren Finger ausstreckte und aus heller Kehle rief: „seht den Jungen, seht die Jungen, seht den Mann, seht die Frau, seht die Matrosen!" Sämmtlichen Theaterscandal, sowohl vor wie hinter den Coulissen, schnüffelte sie gleichfalls aus, und alle ihre Gegner, politische wie literarische, konnten sich nicht über Vernachlässigung beschweren — sie bekamen ihr Theil und bekamen es gut und reichlich. Wenn der Scandal an und für sich schon anzieht, so trug Jef's Erzählungsweise noch dazu bei, ihn unterhaltend zu machen. Er hatte eine eigene Phraseologie, ein ganzes Wörterbuch voll Benennungen für Straßen= jungen, Diebe und andere ehrenwerthe Subjekte dieser Sorte. Und das Gute war, man verstand die Ausdrücke, auch wenn man sie noch nie gehört hatte. Sie paßten auf die Gegenstände, welche sie bezeichneten, sie saßen mit ihnen unter ein und derselben Haut. Und da diese — Gauner= sprache, wenn ich mich so ausdrücken darf, mit dem grob= körnigen Salz und Pfeffer eines echt niederländischen Humors freigebig gewürzt war, so konnte es Niemand befremden, daß die Konstitution in den Tempeln des Gersten einen erfreulichen Erfolg hatte.

Hendrik machte für die Zeitung die Uebersetzungen aus den Sprachen, welche Jef nicht verstand, nämlich aus dem Englischen, Deutschen und Italienischen, welches Letztere er jetzt auch gelernt hatte. Außerdem schrieb er Verse in die Konstitution, denn er hatte ein allerliebstes Liedertalent, frisch und unmittelbar aus seiner Natur hervorgesprungen. Anfangs hatte er es zu Gesängen in Jef's Manier ange= wandt und konnte sich daher gleich diesem an schönen Aben= den von trunknen oder doch wenigstens sehr lauten Stimmen durch die Straßen schmettern hören. Allmählig begann er sich dieser Art von Berühmtheit zu schämen, und ein Bändchen, welches er kürzlich herausgegeben hatte, zeigte ihn von einer ganz neuen Seite, wie er es ausdrückte: von einer deutschen. Seine früheren „Kunstfreunde", eine niederdeutsche Bezeich= nung für die, welche bei dem Babel'schen Thurmbau der Literatur an einem Strange ziehen, warfen ihm diese deutsche Richtung vor, sagten ihm, er sei zu „nordisch", nicht länger vlämisch. Hendrik behauptete dagegen, daß „Blämisch sein" nicht blos darin bestehe, daß man lose Lieder für Arbeiter und Matrosen mache, und der Erfolg gab ihm Recht. Sein kleines Buch wurde mit allgemeinem Beifall aufgenommen, nicht nur von seiner eigenen Partei, auch von den Katho= liken. Anderswo als in Belgien wäre es konfiszirt worden, denn es enthielt einige allerliebst gereimte Unverschämtheiten unter der Adresse der Regierung. Aber in Belgien läßt die

Regierung ihre lieben Unterthanen schreien, so viel sie wollen, wenigstens so viel wie sie es auszuhalten vermag, ohne geradezu taub zu werden; und sie hat Recht, denn dürften sie es nicht, sie stürben sammt und sonders an versetztem Geschrei. Sie sind wie Kinder in der Wiege: sollen sie sich gesund und naturgemäß entwickeln, müssen sie ihre Lungen üben können.

V.

Genug, das Büchelchen machte seinen Weg, war net ausgestattet, hübsch von außen und von innen, wurde gelesen gekauft und machte Hendrik Van Loon zu einem interessanten jungen Dichter in Antwerpen.

Hendrik war wohl innerlich geschmeichelt, sehr vergnügt und vielleicht sogar ein wenig eitel, aber im Ganzen bestand er diese Probe doch sehr gut, verlor den Kopf nicht, dachte nicht, daß er nun der Einzige geworden sei, erfreute sich nach wie vor an den Arbeiten seiner Freunde, war selbst sein strengster Kritiker und versprach Allen, die sich für ihn interessirten: im nächsten Bande wolle er's noch viel besser machen.

Das war viel, wenigstens war's erfreulich, als Seltenheit. Gewöhnlich blähen sich junge Leute, sobald sie ein Buch in die Welt geschickt haben, dermaßen auf, daß man gar nicht länger in demselben Zimmer Raum mit ihnen findet. Sie haben Dinge gesagt, die noch Niemand vor ihnen gesagt, ihr Name auf einem Titelblatt hat sie zu Wesen anderer Gattung, zu „modernen Titanen" gemacht, es ist unendlich viel von ihnen, wenn sie bei einer unglücklichen sterblichen Frau noch eine Tasse Thee trinken. Hendrik war nicht wie diese kleinen großen Leute, vielleicht weil er keinen Thee, sondern nur Bier trank. Doch nein, das konnte es auch nicht sein, denn wir haben es nur zu oft gesehen, daß literarische Anmaßung sehr gut mit Biertrinken zusammen geht. Woher kam es also, daß Hendrik, obgleich jetzt mit Allem in Berührung und Beziehung, was in Antwerpen in Kunst und

Literatur hervortrat, doch in seiner Familie derselbe gute
einfache Nik blieb, wie früher? Daß er Mutter, wie seine
Geschwister, ganz nach wie vor sein Geld brachte, sich von
ihr Alles besorgen ließ, was er brauchte und ihr nur, wenn
er über Land oder mit Rien ausgehen wollte, die Hand
hinhielt? Daß er nie vergaß, ihr von einem solchen Aus=
flug einen couc mitzubringen, wie die große Currer Bell,
welche in letzter Instanz über die Vlamingen abgeurtheilt
und sie für „stupid" erklärt hat, das einzige vlämische Wort
schreibt, welches bis zu ihrem britischen Ohre gedrungen
ist? Diejenigen, welche vlämisch verstehen, schreiben es Koek
und sprechen es Kuk aus. Es begreift alle Sorten Gebäcks
in sich, besonders bezeichnet man nur den Peperkoek, den
Pfefferkuchen. Kurz, einen Kuchen verlangte Mutter, wenn
Hendrik ausfuhr, und Hendrik kam nie ohne Kuchen wieder,
nur daß er ihn bisweilen in Antwerpen kaufte. Aber das
wußte Mutter nicht. Hendrik machte jedoch darin keine
Ausnahme. Fast nie tritt ein Vlaming durch höhere Ent=
wicklung, sei sie geistig, künstlerisch oder gesellschaftlich, aus
seinem Familienkreise heraus. Vater und Mutter mögen
im kleinsten Hause, ja, in einer Hütte wohnen, er bleibt
selbst als europäische Berühmtheit immer daheim bei Vater
und Mutter.

Vielleicht liegt es darin, daß in Belgien das Familien=
leben, das Familienleben der Bürger und der Bauern wohl=
verstanden, eine eigenthümliche Poesie bewahrt hat.

Ich meine die Poesie der Festtage. Für alle Tage geht
es prosaisch genug zu, das gewöhnliche Leben sieht grau aus;
es hat allerdings die Farbe der niederländischen Malerschule,
aber die hat nur nicht viel mit der Idealität zu schaffen.
Wo sich ein Künstler in diese hineinverliert, da hört man
gewiß mit Kopfschütteln sagen: „O, aber er ist doch nicht
mehr niederdeutsch."

Wohl, das tägliche Leben geht also eintönig klappernd
dahin, denn es trägt Holzschuhe. Holzschuhe sind unentbehr=
lich, wo die Straßen so unaufhörlich gescheuert werden, aber
der Gang in ihnen ist nicht gerade leicht und macht ein eben

nicht erquickliches Geräusch. Doch plötzlich kommt ein Festtag, und das Leben legt die Holzschuhe ab und putzt sich sonn=
täglich. Es macht nicht weniger Lärm als am Werkeltage, aber es ist nicht der Lärm der kleinen gewohnten Ge=
schäftigkeit, es ist der lustige, alte, junge Lärm der Ueber=
lieferung. Was die Familie jetzt thun wird, das hat sie vor so und so viel Jahrhunderten gethan, immer an demselben Tage, und in derselben Weise. Umsonst sind die verschieden=
sten Elemente über das Vlämische dahingetrieben, es hat sie treiben lassen und ist unter ihren Wogen geblieben, was es war. Die jetzt Mütter und Väter sind, haben die Gebräuche, welche so und so viele Tage mit eigenthümlichen Formeln bezeichnen, von ihren Großvätern und Großmüttern gelernt — werden sie dieselben ihren Enkelkindern lehren können? Die Eisenbahnen durchziehen das Land und die Fabriken er=
heben ihre Schlote in allen alten Städten, ja, selbst auf den Dörfern. Und sogar die Häuser in den alten Städten wer=
den neu, und das Leben wird sogenannt modern, d. h. zur Kopie von irgend einer Kopie. Wird inmitten von so vielem Neuen dem Alten noch lange ein Plätzchen gegönnt bleiben?

Die Familie Van Loon fragte sich das nicht. Sie that, was man vor ihr gethan hatte; was man nach ihr thun würde, das ging sie Nichts an.

Aber in die Fußtapfen, welche sie vor sich sah, trat sie getreulich. Mutter konnte nicht, wie es in vornehmeren Bürgerfamilien geschieht, am heiligen Abend einen Armen kommen lassen, um ihm Fleisch, Kartoffeln, Brod, Reis mit Safran und etwas Geld zu geben, dazu war sie nicht reich genug. Sie hatte ebenfalls nicht genug, um an Martini den heiligen Bischof mit einem Korbe voll Aepfel, Nüsse und Pfefferkuchen bei ihren Kindern erscheinen zu lassen. Sie konnte zu Halbmärz ihre Dienstboten nicht fragen: „Bleibt Ihr's Jahr?" sie hatte keine Dienstboten. Ebenso wenig konnte sie am verlorenen Montag, dem Jubel= und Tollheittage der Arbeiter, der nach Epiphania fällt, Wurstel=

brobe, Pfefferkuchen und Borrels oder Gläschen austhei=
len — fie war keine „Bazin", d. h. keine Meisterin, sondern
nur ihre eigene unermüdliche „Werkfrau". Aber an den
fetten Samstagen da fehlte, ging es irgend, das Wurstel=
brob auf dem Abendtische der kleinen Familie niemals.
Das Wurstelbrod ist, wie schon der Name es andeutet, ein
leichtes Weißbrod, in welches Bratwürste eingewickelt werden.
Jede Familie bereitet es zu Hause und schickt es dann zum
Bäcker. Ist es gahr, so geben Jungen mit Schnarren in
den Straßen das Zeichen zum Abholen, dann läuft man
herbei, läuft mit dem dampfenden Wurstelbrode eiligst nach
Hause und verzehrt es so schnell wie möglich, denn nur
heiß gegessen ist es gut. Die fetten Samstage gehen von
Weinachten bis Lichtmeß, und werden, dem Volksglauben
nach, zur Erinnerung an die Wochen der Jungfrau Maria
gefeiert, weil sie während derselben so gut wie jede andere
Frau einer mehr als gewöhnlich stärkenden Nahrung be=
durft habe.

Eben so wenig wie das Wurstelbrod, fehlte am Zoppen=
donnerstag nämlich am grünen, an dem vor Ostern, der
Meth mit dem Eingebrockten von den kleinen, eigens dazu
bestimmten Wecken. Am Charfreitag des Morgens aber
gab es nur Brod mit Syrup und zu Mittag Biersuppe
und gesalzenen Häring mit Bohnen. Unter uns, Hendrik
war kein großer Liebhaber vom Charfreitagessen, hielt von
früh an Nichts vom Fasten, war überhaupt ein schlechter
Katholik. Nur Mutters wegen bequemte er sich zum Fasten,
sowie zum Anhören einer Seelenmesse am Todestage des
Vaters. Gegen die Seelenbrödchen vom zweiten November,
auf denen der Safran die Schwefelflammen des Fegefeuers
andeuten soll, hatte er keine Einwendungen, sie waren vom
feinsten Mehl und schmeckten gut, aber das den Tag da=
rauf in der Kirche geweihte Hubertsbrod verschluckte er,
als wär' es gewöhnliches, und vergaß regelmäßig, über
sein Stück, bevor er hineinbiß, das Kreuz zu schlagen.

Einige Festfreuden in der Familie waren nun bereits
von den Kindern auf die Enkel übergegangen. Die beiden

Kleinen des ältesten Bruders spielten jetzt, wie früher Therese, Anton und Hendrik, am Fest der unschuldigen Kinder in Kleidungsstücken, die an den winzigen Körperchen bis auf die Erde schleppten, Vater und Mutter, hatten die Schlüssel und bestellten das Mittagessen, welches denn unabänderlich aus Reisbrei mit Safran bestand. An der großen Kermiß wurde dieses altvlämische Gericht von Mutter auf den Tisch gebracht. Eine Kermiß ohne „Rysspap", das wäre etwas Schönes gewesen!

Den Kleinen fiel es jetzt auch zu Theil, an Mutters „Verjahrstag" mit den Reimchen anzukommen:

Großmütterchen lieb,
'S war gestern Euer Abend und 's ist heute Euer Tag,
Ich hab' die Ehr, daß ich Euch „besteken" mag.

Wirklich „bestoken" aber wurde Mutter von den Großen, die ihr die Geschenke des Morgens in's Bett brachten. Abends gab es dann ein Familienmahl, wobei man Kukebak aß, eine Art Eierkuchen von Hefenteig, welcher entweder mit Butter geschmiert, oder mit Zucker bestreut wird, und besonders zum Kaffee für etwas gar Köstliches gilt. Was davon übrig bleibt, wird den andern Morgen zum Frühstück aufgebacken, und: „Och, das schmeckt!" rief dann Hendrik, wenn er sein Theil zu seinem bittern Milchkaffee bekam, denn Hendrik wollte nie Zucker. Mutter nahm zum Kukebak immer das feinste „Blummehl", wie das Kernmehl von Buchweizen genannt wird, und bisweilen kochte sie auch „Blumpap", nämlich Brei von Buchweizenmehl, doch geschah das seltener, denn Rik sowohl wie Toon hatten mehr als einmal die Wahrheit des alten Volksreimes erfahren, welcher so pathetisch über den „Blumpap" klagt.

Am Dreikönigstage versammelte die Familie sich gleichfalls. Ein Königsbrief wurde gekauft: ein Bogen von schlechtem Papier, auf welchem, begleitet von vlämischen und französischen Versen, sämmtliche Personen eines Hofes schauderhaft illuminirt sind. Alle sitzen zu Pferde, ausgenommen der Narr, der zu Esel, und der Beichtvater, der im Beichtstuhl sitzt. Diese Hervorbringungen der Antwerpenschen Kunst werden mit andern Bogen, die noch viel furchtbarer illuminirt sind, von zahllosen Kindern, sowohl am Vorabend wie am Tage der drei Könige unter dem Geschrei feilge= boten: „Königsbriefe und Kron' und Kron', Königsbriefe und Kron'!"

Von dem zweiten der Bogen nämlich, auf welchem in drei Reihen Figuren gemalt sind, welche die Absicht haben, heilig zu sein, wird die Krone gemacht, die der König den Dreikönigsabend über tragen muß. Der König aber, sowie der ganze Hof, wird durch das Ziehen der Zettel bestimmt, in welche der „Königsbrief" zerschnitten wird. Hendrik brachte an dem Abend immer einige lustige Jungen mit, die sich als Bote, als Spielmann, als Schweizer, als Koch, als Arzt, als Schenke, als Vorkoster, als Knecht, als Raths= herr, als Kämmerling und als Geheimschreiber gut zu behaben wußten. Von ihm selbst sah man's gerne, wenn er der Narr wurde, er konnte so überselig albern thun, und malte so dicke schwarze Striche auf das Gesicht irgend eines Unloyalen, der nicht, so oft der König einen Schluck „Gersten" nahm, aus voller Kehle schrie: „Der König trinkt!" Eigentlich gehen so kleine Familien, wie die Van Loonsche, um „den König zu ziehen", gewöhnlich zu irgend einer be= nachbarten, aber dazu wollte Mutter sich nie bequemen, der König mußte bei ihr gezogen werden, und mochte es das Jahr über auch noch so knapp hergegangen sein, an diesem Abend sparte sie weder „Gersten", noch Kukeback, denn Kuke= back durfte doch nicht fehlen.

Kukeback war's auch meistens, was Mutter „gelobte", wenn sie am Thomastage heimkam und die Thüre verriegelt fand. Dann guckte in der Regel Meinherr Nik aus einem Fenster und rief: „Mutterchen, was gelobt Ihr?" — ‚Was gelobt Ihr?' ist die stehende Frage, welche an Alle gethan wird, die sich am Thomastage aus= oder einsperren lassen. Beides geschieht, obgleich alle Streiche, welche man einander an diesem Tage mit Hilfe von Schloß und Riegel spielt, mit dem allgemeinen Ausdruck „Ausschließen" bezeichnet werden. Und kann man nun entweder nicht hinein, oder nicht heraus, steckt man in einer Kammer, oder steht man vor der Thür, so wird einem, ist man draußen, aus dem Fenster, ist man drinnen, durch die Thür, triumphirend zugerufen: „Was gelobt Ihr?" Da „gelobt" man denn je nach seinen Mitteln, oder seinem natürlichen Hang zur Freigebigkeit oder zur Kargheit. Bei den Van Loon's war's Trees, die karg war; sie „gelobte" selten etwas Anderes, als „einen kleinen Kuchen". Toon ging bis zur Chokolade, Rik aber war immer „grand", der that's nie unter Punsch oder warmem Wein. Am St. Nikolaustage beschenkte Mutter die Kinder.

VI.

Ein Fest gab es, welches für Henbrik ein Jahr sehr schmerzlich gewesen war, das war Halbfasten oder Lätare. Bis vor zehn oder fünfzehn Jahren pflegte an diesem Tage durch die Straßen von Antwerpen ein Mann zu reiten, welcher in alte Tracht gekleidet war und der Greef, d. h. der Graf hieß. Er warf den Kindern Süßigkeiten zu, und hatte an seiner Seite einen Gefährten, der in gleichfalls alterthümlicher Frauentracht die Grevin vorstellte. Ueber den Ursprung dieses jahrhundertalten Festes gibt es verschiedene Auslegungen, von denen nicht eine ganz verbürgt ist. Obgleich es jetzt seinen lebenden Repräsentanten verloren hat, so wird Sinte Greef doch noch immer gefeiert und verursacht Freude und auch Herzklopfen. Herzklopfen bei den jungen Mädchen, Freude bei den Kindern, welchen der Graf von Halbfasten so gut einbescheert, wie St. Martin und St. Nikolas. Schon einige Tage vorher bekommen sie ein „Probebißchen", am Abend vor Lätare stellen sie ihre Körbchen mit Heu und etwas Brod — das Pferd des Grafen will sein Futter — in's Kamin, denn der Graf kommt den Schlot herunter. Unartige Kinder finden in ihren Körbchen nur eine Ruthe, artige Greefs von Spikulatie oder Marsepyn, Pfefferkuchenteig und Marzipan, Schiffchen ebenfalls von Marzipan und andere Näschereien. Und die jungen Mädchen bekommen von ihren Verehrern auch Greefs.

Nach der Zahl der Greefs können sie die ihrer Anbeter
berechnen, an der Größe und leckern Eigenschaft des Greefs
die Größe und Stärke der Liebe erkennen, welche sich in
dieser Huldigung ausdrückt. Wird etwas Anderes als eine
Huldigung bezweckt, will ein verschmähter Liebhaber sich
rächen, oder ein verspotteter junger Mann sich seinerseits
über ein Mädchen lustig machen, so kommen Greefs von
Gerstenbrod und selbst von Thon an.

Hendrik hatte mehrere Jahre hindurch den schönsten
Greef in Marzipan, den der Zustand seiner Finanzen ihm
gestattete, nach einem und demselben Hause getragen; dann
war das Fest ein Mal wieder gekommen, und Hendrik hatte
keinen Greef mehr gebraucht. Diese letzten Halbfasten über
hatte er doch wieder einen genommen, einen sehr großen,
wenn gleich nur in Spikulatie, und Rien hatte sehr kokett
gegen mehrere junge Männer geäußert: „Ich kann doch
gar nicht begreifen, wer mir den prächtigen Greef dort
geschickt haben mag."

Es war sonderbar, seit Hendrik die junge Deutsche ge=
sehen hatte, dachte er auf einmal wieder lebhafter, aufge=
regter als seit langer Zeit an die Braut, welche nun bald
zwei Jahre todt war. „Arm Kind," sagte er träumerisch,
„arm Kind!" Anstatt an dem Artikel zu übersetzen, der
von den verschiedenen südslavischen Stämmen in ihrem Zahlen=
verhältnisse zu einander handelte, blickte er aus dem Fenster
über die Gärten nach dem Bahnhof hinüber. In Belgien
werden wie in England die kleinen Häuser sehr geliebt,
in denen jede Familie für sich abgeschlossen wohnt, lebt
und leidet. Die Van Loon's hatten in diesem Frühjahr
eines unweit von der Promenade bezogen, welche man
Longchamps oder die Werke oder auch die Buitensingels
nennt. Hinter dem Häuschen lag ein Gärtchen, welches
„wunderschön" werden sollte, wenn Hendrik nur erst Zeit
haben würde, es zu bearbeiten. Bis dahin lag es sich
selbst überlassen unter Hendrik's Fenster, und Hendrik
blickte darüber hinweg nach der Station.

Nichts kann, selbst jetzt noch, mehr Veranlassung zum

philosophischen Grübeln geben, als ein Eisenbahnhof. Wie kreuzt, wie drängt dort das Leben sich, welch' Finden und Scheiden, welch' Warten und Eilen! Aber Hendrik war nicht in der Stimmung, philosophisch zu grübeln. Er murmelte: „Arm Kind!"

Arm Kind, ja, und doch, war Melanie zu beklagen gewesen, als sie, zweiundzwanzig Jahre alt, an der Auszehrung starb? Ihre Mutter ja, denn von sechs Kindern war Melanie das vierte, welches sie an dieser geheimnißvollen Krankheit verlor, die wie ein Verhängniß über manchen Familien waltet. Hendrik auch, denn Melanie würde ihn als seine Frau geliebt und geleitet haben, und bei seinem Kindernaturell bedurfte er Beides. Doch Melanie — war sie zu beklagen? Sie starb als Braut, während ihre Liebe noch in der Blüte der Hoffnung stand. Das ist kein Unglück. Würde Hendrik sie glücklich gemacht haben? hätte er schon verstanden, sie recht zu lieben? Mit zweiundzwanzig Jahren — Hendrik war nicht älter als Melanie gewesen — begreift ein Mann eigentlich noch nicht ganz, was lieben heißt. Wahr, er kann es in der Ehe lernen, doch hätte er es von Melanie gelernt? Er hatte sich anfänglich mehr aus Trotz, als aus ursprünglicher Neigung an sie geschlossen, erst allmälig war sie ihm lieber und lieber geworden.

Und bei ihrem Tode hatte er gewaltsam gelitten, war wie von einem Sturm ergriffen und fast mitten aus der Jugend herausgerissen worden. An den einfach weißgetünchten Wänden seines Zimmers hingen mit Zierlichkeit geordnet eine Menge Porträts in Stahlstich oder Steindruck, so wie einige Gypsabgüsse von Medaillen. Es war eine gemischte Gesellschaft, berühmte Männer und Schulfreunde. Henbrik selbst war mit neunzehn Jahren da, ein so gedrungenes, vergnügtes Jungengesicht, daß ihn, wie er jetzt war, Niemand in seiner Abbildung erkennen konnte. Ihm gegenüber hing in einer Kreidezeichnung Melanie. Er sprang auf, nahm das Bild von der Wand, stellte es auf seinen weißen Holztisch zwischen die Verwirrung von Briefen,

Manuskriptblättern, Zeitungen, Büchern und Kupferstichen aufrecht, gegen die Gedichte von Arsène Houssaye und „die Töchter des Feuers" von Gérard de Nerval, und dann setzte er sich wieder auf seinen einzigen Stuhl und sah sich das Bild so ernstlich und so prüfend an, als hätte er es noch nie eigentlich betrachtet. Dann sagte er vor sich hin: „Es ist doch auch nicht die geringste Aehnlichkeit da." Wenn er bei diesem Ausspruch an Helene Herrmann gedacht hatte, so hatte er zu keinem andern kommen können, die Antwerpnerin und die Deutsche hatten nicht einen Zug mit einander gemein. Helenens Gesicht war fein, länglich, ihre großen grauen Augen sahen fest, kalt und sogar etwas unfreundlich an, ihr blaßgerötheter Mund schloß sich dicht, als hätte er viel zu verschweigen, ihr mattbraunes Haar sah aus, als müsse es schwer wiegen und legte sich eng an die ein wenig eingedrückten Schläfen. Melaniens Gesicht war weder sehr hübsch, noch sonst bemerkenswerth, es blickte den Beschauer mit schlichten Mädchenaugen gut und sinnig an. Die Gestalt war voll und gedrungen, denn die Zeichnung war in jenen Monaten des trügerischen Wiederaufblühens gemacht worden, welche bei der Krankheit, woran Melanie gestorben war, fast immer dem Ende vorausgehen. Alle hatten sich durch dieses scheinbare Besserwerden täuschen lassen, die Hochzeit hatte in zwei Monaten stattfinden sollen, da war Melanie zusammengesunken, und nach wenigen Wochen Hinsiechens gestorben. Hendrik rief sich jetzt diese Wochen zurück, die Furcht, die zuerst entstand, das Ende, welches schauerlich langsam und doch so überwältigend herankam. Als es da war, erkannte Melanie Niemand mehr, selbst ihre Mutter nicht, nur noch Hendrik, dem sein Patron Urlaub gegeben hatte, damit er bei ihr bleiben könne. Im letzten Augenblicke sah sie ihn noch einmal an, flüsterte: „Ich hab' Euch immer gerne geseh'n" und starb.

Am nächsten Tage schrieb Hendrik für das kleine Blatt, welches die Todesanzeige enthielt und den Verwandten und Freunden zugesandt wurde, folgende Verse:

Ruhig schlafen die Leichen
In der Erde kühlem Schooß,
Versteinert und erstarret
Unter dem Kuß des Tod's.

In ihrem Bretterhause
Da liegen sie so sacht,
Den ewigen Schlummer schlafen
In der dunkeln Grabesnacht.

Sie wissen von keinen Schmerzen,
Die Stimme des Lebens stört
Dort nie die tiefe Stille,
Es wird keine Klage gehört.

Sie wissen von keinem Morgen,
Von keinem Abend mehr,
Es waltet das Vergessen
Um den Todtenacker her

Von Leben, Lust und Liebe
Verschwand ein jeder Traum,
Doch Liebe, Frieden und Ruhe
Füllen des Grabes Raum.

Es liegt im Reich der Todten,
Die wahre Welt vor Dir,
Durch's finst're Grabgewölbe
Treten in's Leben wir.

Es war bald zwei Jahre, daß Hendrik das gedichtet hatte, mit dem Gefühle gedichtet hatte, nun sei es aus, das Leben könne nicht mehr weitergehen, der Frühling nicht mehr wiederkommen. Das Leben war weitergegangen, der Frühling war wiedergekommen, Hendrik hatte andere Lieder gedichtet. Die Trauerweide, die sich draußen auf dem Stuivenberge vor dem rothen Thore über das Grab neigte, welches als kleiner Garten blühte, grünte wieder, auf dem schwarzen Kreuz, das Hendrik hatte setzen lassen, stand das Wort: „Gedenk". Hendrik gedachte auch der Todten, es zog ihn wie mit einer Hand, noch an diesem Abend zu ihr zu gehen, zu sehen, wie bei ihr Alles stände, aber da er es einmal Rien versprochen, sie zum Spaziergang abzuho=

len, ging er zu Rien, nachdem er die Zählung der Süd=
slaven gewissenhaft nicht vorgenommen hatte. Melanie
blieb einsam draußen liegen; ihre Schuld — warum war
sie todt?

VII.

Cesarine Beydt wartete bereits mit der höchsten Unge=
duld auf Hendrik. Ihr Vetter Edward, der gerade einige
Stunden zu verlieren hatte und deßhalb mitgehen wollte,
doch mehr Hendrik's als Cesarinens wegen, lachte die Cousine
mit ihren bösen Gesichtern gelassen aus. Die Tante mo=
ralisirte denn auch, und so kam es, daß Hendrik die junge
Person mit glühendrothem Gesicht und in Thränen fand.

Cesarine brauchte sich nicht noch röther zu weinen als
sie an und für sich war. Sie hatte einen wahren Ueber=
fluß an Farbe, dazu eine Gestalt über die Mittelgröße
hinaus und von sehr kräftigem Bau; einen starken Kopf,
ein langes Profil mit gerader Stirne und geradem Kinn,
etwas Viereckiges, Massiges im Gesicht, volle rothe Lippen,
helle scharfe Augen, und nur eine Schönheit: reiches Haar
von einem lichten schimmernden Blond.

Sie mußte mit sechzehn Jahren, wo noch Vieles an
ihr unentwickelt und die Farbe noch nicht so stark aufge=
tragen war, hübsch gewesen sein, wenigstens rosig und frisch.
Jetzt war sie auch noch frisch, aber nicht mehr wie eine
Rose. Mit dreißig Jahren mußte sie bereits anfangen,
häßlich zu werden, und wie weit sie es darin bringen würde,
das ließ sich gar nicht berechnen.

Sie hielt sich jedoch für eine Schönheit und benahm
sich ganz demgemäß. Obgleich Hendrik mit munterer Höf=
lichkeit schönstens um ihre Verzeihung bat, daß er etwas
später komme, und seine Redakteurpflichten höchst beweglich
als äußerst schwer darstellte, schmollte und grollte sie doch
mit ihm ganz auf die Art eines verzogenen Kindes oder
einer verletzten Schönheit. Ihre Thränen hatte sie getrock=
net, aber mitgehen wollte sie jetzt nicht mehr, nein, gewiß
nicht. Sie war krank, sie wollte zu Hause bleiben.

„Dann bleibt Ihr allein," sagte die Tante, „benn ich gehe zu meiner Schwägerin."

„Kommt doch mit, Rien," sagte Henbrik gutmüthig. „Krank seib Ihr ja nicht, wenigstens sieht man es Euch nicht an."

„Nein," stimmte Ebward lachend ein, „in ganz Antwerpen giebt es kein Mädchen mit röthern Backen."

Cesarine fuhr nach dem Vetter herum, den sie nicht ausstehen konnte. Sie hätte die ganze Nacht nicht geschlafen, erklärte sie, Nervenfieber gehabt. Cesarine meinte damit, daß sie nervös erhitzt gewesen sei.

Ebward schlug ihr gleichmüthig vor, doch anstatt spazieren zu Bette zu gehen. „Wir werden uns schon ohne Euch behelfen, Henbrik und ich," schloß er.

„Ja, das glaub' ich wohl," rief Cesarine und die Thränen fingen wieder an, „ich bin überall überflüssig. Niemand liebt mich arme Waise."

Eine Waise war Cesarine allerdings, sie hatte ihre Eltern schon als kleines Mädchen verloren und war von der Großmutter er- und verzogen worden. Als die Großmutter starb und dem Mädchen Nichts hinterließ, weil sie von einer kleinen Pension Nichts hatte ersparen können, kam Cesarine in das Haus ihres Vaterbruders. Der sorgte für ihre Erziehung und ließ sie viel besser unterrichten, als die Mädchen ihres Standes für gewöhnlich unterrichtet werden. Er bestimmte sie zur Lehrerin an irgend einer Erziehungsanstalt. Bevor er jedoch eine Stelle für sie ausfindig machen konnte, starb er, und Cesarine blieb seiner Wittwe überlassen. Die hatte allerdings ihr Auskommen, aber keineswegs Ueberflüssiges wegzugeben. Cesarine sollte werden, wozu der Onkel sie bestimmt hatte, aber nun der Onkel tobt war, wollte Cesarine nicht. Cesarine fand es bequemer, bei der Tante zu leben. Die Tante, die allenfalls das Mädchen bei sich behalten konnte, that es, nur verlangte sie, daß Cesarine gleich den anderen Bürgermädchen im Hauswesen Hand anlegen, waschen, kochen sollte. Das hinderte sie ja nicht, nachher den Hut aufzusetzen und als junge

Dame am Arm eines jungen Herrn in die „Zoologie"
zu gehen, wie der zoologische Garten kurzweg genannt wird.
Gegen den Hut, die Zoologie und den jungen Herrn hatte
Cesarine auch nichts, dagegen hatte sie unaufhörliche Ein=
wendungen gegen Waschen und Kochen. Cesarine fand,
daß es eine Entwürdigung ihrer ungewöhnlichen blonden
Person sei, wenn sie genöthigt wurde, ein Buch wegzulegen,
um an ein häusliches Geschäft zu gehen. „So von Victor
Hugo's Gedichten zu den schmutzigen Töpfen zu müssen, ach,
das ist doch schrecklich!" sagte sie, und Hendrik, der Dichter
und glühende Schwärmer für Victor Hugo, fand es auch
schrecklich. Weil Cesarine Deutsch und Englisch verstand
und lieber Romane las, als Strümpfe stopfte, glaubte Hen=
drik wirklich, Cesarine sei irgend ein außergewöhnliches
Wesen, welches in so gewöhnlichen Umgebungen nicht anders
als unglücklich sein könne und dadurch bisweilen etwas
launisch und zänkisch werde.

Die Gefahr der weiblichen Halbbildung ist eine Phase,
welche Belgien noch durchzumachen hat. Cesarine war be=
reits ein Opfer derselben, Hendrik aber sah in ihr nur ein Opfer
der Prosa. Er, der so wenig Verhältnisse und nur einen
Typus von Frauen kannte, wie hätte er es wissen sollen,
daß Nichts alltäglicher ist, als das Auflehnen junger un=
gezogener Personen gegen das ernste Nothwendige des
Lebens? Er konnte nicht ahnen, wie viele Kammerjungfern
dergleichen romantische Bedürfnisse haben. Der allerliebste
österreichische Ausdruck, „romantisches Tschaperl", war ihm
fremd, es konnte ihm also nicht einfallen, daß er in Cesarine
eines von erster Qualität bewunderte. Bisweilen lachte er
sie aus, wenn sein gesunder Sinn ihn einsehen ließ, daß
ihre Ansprüche geradezu drollig wären, wie z. B. eines
Morgens, als er sie in heißen Thränen fand, weil es
kein Regenwasser gäbe und sie sich mit Brunnenwasser wa=
schen sollte. Gewöhnlich jedoch beklagte und tröstete er sie,
und auch jetzt sagte er zu Edward: „Plagt das arme Kind
doch nicht — sie bleibt doch immer eine Waise."

„Und darum soll sie alle Welt plagen können?" ant=

wortete Edward. „Nein, Rik, Waisen haben darin keine Vorrechte; wollen sie geliebt werden, müssen sie sich liebenswerth zeigen, gerade wie alle andern Menschen auch. Sind Waisen so unerträglich wie Rien, so fragt man nicht weiter nach ihnen, und läßt sie gehen. Rien kann noch zufrieden sein, daß wir es so mit ihr machen. Wäre sie keine Waise, so wollten wir ihr ein anderes Liedchen aufspielen. Eine leibliche Mutter hätte sicher die Gebuld nicht mit ihr, die meine Mutter als Tante hat. O, Rien weiß das auch; sie trotzt auf ihren Waisenstand. Und nun — kommt Ihr mit, Rik?"

„Ich will doch lieber hier bleiben und Rien Gesellschaft leisten — wenn sie jetzt so allein bliebe, könnte sie wieder weinen," antwortete die gute Seele von Hendrik in entschuldigendem Tone.

„Wie Ihr wollt," sagte Edward, und ging — den Hut brauchte er nicht erst aufzusetzen, er hatte ihn bereits auf. Er ging und pfiff und zuckte die Achseln über Hendrik. Edward, der Architekt war und folglich mit positiven Dingen wie Stein, Mörtel und Meßkunst zu thun hatte, war sehr wenig empfänglich für Romantik, besonders für falsche. Er hielt Rien für eine Närrin und fing allmälig auch an, Hendrik für einen Narren zu halten. Doch da Jeder sich selbst der Nächste ist, dachte Edward zugleich: „wenn er sie sich aufladen will — seine Sache — wir werden sie dabei immer los." Seiner Freundesloyalität hatte er genug gethan, indem er Cesarine in Hendrik's Gegenwart immer unbarmherzig lächerlich gemacht hatte. Wollte Hendrik bennoch, wohl, so war es, wie Edward dachte, seine Sache.

VIII.

Die Tante war auch schon fort, die beiden jungen Leute blieben allein in der dunkelnden Wohnung. Es herrscht in Antwerpen unter der kleinen „Bürgerei" eine große gesellige Freiheit zwischen beiden Geschlechtern; Spaziergänge zu Zweien, Wasserfahrten, Landpartieen, Alles ist erlaubt. Viele junge Personen gehen mit Bruder, Vetter oder Anbeter auch ganz unbefangen auf die Bälle in den Variétés, wie das große Theater heißt, genug, das Alleinbleiben Henbrik's mit Cesarine war etwas durchaus Unverfängliches und Natürliches, und hatte schon mehr als ein Mal stattgefunden.

Cesarine benutzte es heute, um sogleich bitter über Tante und Vetter zu klagen. Was Tante von ihr verlangte, hatte Großmutter nie verlangt, und Warb war denn nun geradezu unfreundlich und grob.

„Wenn Eure Verwandten nicht so gegen Euch sind, wie sie es sein sollten," antwortete Henbrik, „so habt Ihr dagegen Freunde, die es gut mit Euch meinen, und ich bin von ihnen der aufrichtigste."

Cesarine wandte sich zu Henbrik und sah ihm prüfend in die Augen. Dann warf sie den Kopf in die Höhe und die üppigen Lippen trotzig auf.

„Wir wissen was wir wissen," sagte sie auf französisch.

„Ja, das wissen wir allerdings," bestätigte Henbrik schelmisch auf vlämisch. „Rien lieb," fuhr er dann ernster fort, „es ist sonderbar, wie ich heute an die alten Zeiten gedacht habe."

„Das thut Ihr wohl immer," warf sie hin und zupfte mit niedergeschlagenen Augen an ihrem Kleide.

„Heute habe ich's gethan," erwiederte er. „Und ich sah auch Euch wieder, wie Ihr Melanie zum letzten Male küßtet."

Ein Zimmer war damals in eine Kapelle verwandelt und Melanie darin ausgestellt worden. Ihre jungen Freundinnen waren gekommen, um sie zum Abschied auf die Stirn zu küssen, unter ihnen auch Rien. Henbrik hatte einen glühenden Schauer den Rücken hinab gefühlt, als er die sinnlich schwellenden Lippen der Lebenden auf der eiskalten und eisbleichen Stirn der Todten ruhen gesehen. Und dieselbe Empfindung hatte er, wie er Cesarine jetzt erzählte, heute wieder bei der Erinnerung gehabt.

„Wohl —", fing Cesarine an, stockte und athmete beklommen, faßte sich und fuhr fort: „es war schön von mir, daß ich sie küßte."

„Warum?" fragte Hendrik mit naivem Lauern.

„Ich hatte durch sie drei Jahre schwer gelitten," sagte sie dumpf.

Hendrik schüttelte lächelnd den Kopf. „Ich Rien, was Ihr mir doch weiß machen wollt!"

Sie sah ihn wieder fest und scharf an, indem sie eine der ihr eigenthümlichen raschen Kopfbewegungen machte. Wenn Cesarine auf ihrem eigentlichen Felde, auf dem der herausfordernden Koketterie war, so entwickelte sie gefährliche Naturgaben. Dann war sie nicht länger romantisch, sondern sehr realistisch und darum eine Gegnerin, mit der man geschickt fechten mußte. War sie für Hendrik zu mächtig?

Er hatte vor ihrem Blick betroffen seine Augen abgewandt, die er, da sie in der immer dichter werdenden Dämmerung Nichts fanden, woran sie hätten haften können, auf den Boden fallen ließ. Seine Cigarre ging aus. Einige Minuten herrschte ein Stillschweigen, in welchem unruhige Athemzüge hörbar wurden. Plötzlich wurde Hendrik sehr beweglich, rührte sich, rückte sich, versuchte seine Cigarre wieder anzublasen. Rien stand ohne ein Wort auf und ging in das Nebenzimmer. Hendrik benutzte den Augenblick, um einige Male recht tief Athem zu holen. Dann sagte er etwas erleichtert: „sie soll mich nicht zum Narren halten."

Sie kam wieder herein, in der Hand den Leuchter mit dem angezündeten Licht. „Da," sagte sie, den Leuchter auf den Tisch setzend und ging an's Fenster, wo sie die Stirn an die Scheibe drückte und so in die abendstille Straße hinabblickte.

Hendrik wollte sich die Cigarre anstecken, er zögerte, legte die Cigarre auf den Tisch und ging zu dem Mädchen hin. „Rien!" sagte er, ihre herabhängende linke Hand nehmend. Rien antwortete nicht, er zog sie vom Fenster weg bis in den Bereich des Lichtes. Sie hatte sich nur anfänglich etwas gesträubt, dann, gleich, als wäre sie zu schwach, nachgegeben. Hendrik hielt noch immer ihre Hand und sah sie an, in seinem Blicke lag eine bedenkliche Leidenschaftlichkeit, die nur durch Rührung etwas gemildert wurde. Cesarine ließ die Unterlippe hängen, wie Kinder thun, denen das Weinen nahe ist und die ihm doch noch trotzen. Hendrik preßte auf einmal Cesarinens Hand gewaltsam zusammen. „Rien," sagte er mit zitternder Stimme und mit Innigkeit, „treibt keinen Scherz mit mir."

Sie schüttelte langsam den Kopf.

„Ihr habt mich damals ja doch fortgeschickt," fuhr er fort.

Cesarine sah ihn an und brach in ein mit Thränen vermischtes Gelächter aus.

Nun, es war zum Lachen, wie Hendrik vor fünf Jahren von Cesarine „fortgeschickt" worden war. Man stelle sich einen jungen Menschen vor, der zwei jungen Geschöpfchen in seinem Alter Liebeserklärungen gemacht und Liebesbriefe geschrieben hat, zwei kleinen Plappermäulern, die Gespielinnen waren, äußerst stolz sind, einander etwas anvertrauen zu können, zu ihrer hohen Entrüstung entdecken, daß sie sich beide dasselbe anzuvertrauen haben, und den Schuldigen vor sich fordern, sobald sie eine sichere Stunde und einen sichern Ort ausfindig gemacht haben. Wie wird der Schuldige aussehen, der zum Stelldichein mit Einer herbeizuschleichen geglaubt, und sich nun plötzlich Beiden gegenüberfindet? Gerade wie Hendrik aussah, unerhört verblüfft. Doch Hendrik faßte sich bald. Einer seiner Freunde, ein Deutscher, pflegte zu sagen, Hendrik würde, würfe man ihn selbst vom Thurm von Unserer Lieben Frauenkirche hinab, dennoch wie eine Katze auf seine Beine fallen. So stand er denn auch den beiden beleidigten Kindern nicht länger als eine halbe Minute stumm gegenüber, in der nächsten halben hatte er seinen Kopf wieder zusammen und fing an sich zu vertheidigen, d. h. anzuklagen! Sofieken, so hieß der zweite Gegenstand seiner Liebe, zeigte sich am erbittertsten; war es darum, weil Hendrik sich definitiv für Rien entschied, von welcher er mehr Nachsicht hoffen zu dürfen glaubte? Genug, er erklärte, seine eigent-

liche Neigung gehörte Cesarinen. An Sophie richtete er
eine sehr rührende Abbitte, welche ihm mit Spott und Hohn
vergolten wurde. Es war in der Zeit, wo sein Gesicht
noch so hübsch rund gewesen war, seit anderthalb Jahren
erst war er vom Athenäum herunter, er hatte das Recht,
kindisch zu sein. Aber die Mädchen nahmen es hoch und
ernsthaft, und sie hatten auch wieder Recht; was ist mit
einem Liebhaber für Zwei anzufangen? Hendrik fand so
wenig bei Rien, wie bei Sofieken Gnade, und wurde feierlich
und auf ewig verbannt. Da war es, daß er aus Troß
eine Liebelei mit Melanie anfing, welche, Dank der Innig=
keit ihrer Neigung, bald zur Liebe wurde. Vielleicht bereute
jetzt Cesarine, daß sie so hastig und bestimmt im Fortschicken
gewesen, wenigstens zeigte sie sich, wo sie Hendrik nur immer
begegnete, von einer einladenden Freundlichkeit gegen ihn.
Hendrik, dessen guter Natur Nichts unbequemer fiel, als
irgend ein Groll, erwiederte diese Freundlichkeit mit einer
offenen, ehrlichen Herzlichkeit, doch wich er, wohl wegen
Melanie, die etwas eifersüchtig auf die Zuerstgeliebte sein
mochte, den Begegnungen mit Cesarine mehr aus, als daß
er sie gesucht hätte. Dann kam der Tod der Braut, und
eine ziemlich lange Ungewißheit über Hendrik's eigenes
Leben. Heftiges Blutspucken schien anzuzeigen, daß seine
Brust gefährlich angegriffen sei. Das war auch der Fall, doch
allmälig siegte die Jugend, Hendrik genaß langsam, doch
sicher. Zugleich faßte er neue Lust zum Leben, wenn er
sich auch noch die zu neuer Liebe untersagte. Cesarine
hatte unterdessen den Onkel verloren und erschien interessant
als dreifach verwaistes Kind. Hendrik's Herz war jedem
fremden Leid geöffnet, wie hätte es sich vor dem Cesarinens
schließen können? Anfangs begehrte sie von seinem Herzen
auch nichts weiter als Theilnahme. Sie hatte ihn in ihrer
glücklichen Jugend gekannt, er hatte Großmutter gekannt,
wußte, wie glücklich Cesarine bei ihr gewesen. Hendrik er=
innerte sich allerdings, wie Cesarine oft heftig über die Groß=
mutter geklagt, wie ungeberdig sie sich gegen die alte Frau
gehabt hatte, wenn die Großmutter ihr nicht erlauben wollte,

noch spät Abends mit Henbrik wandeln zu gehen. Aber
Cesarine war damals noch so jung gewesen, hatte noch kein
Einsehen gehabt, das sagte sie jetzt zu ihrer Entschuldigung,
und Henbrik bestätigte es zu ihrem Troste. Wie gut der
Onkel zu ihr gewesen, das konnte Henbrik allerdings nicht
wissen, denn er war, obwohl mit Ebward gut bekannt, doch
fast nie in das Haus gekommen, seitdem Cesarine dort auf=
genommen worden war. Aber Cesarine erzählte ihm vom
Onkel, beweinte ihn in Henbrik's Gegenwart, und Henbrik
— trocknete ihre Thränen. Durch sanfte Einladungen „um
der alten Kinderfreundschaft willen" hatte sie ihn schon im
vorigen Sommer in das Haus zu ziehen gewußt. In seinen
Liedern fand sich eines, aus welchem hervorzugehen schien,
daß sie wohl versucht haben könnte, ihn ihrerseits zu trösten.
Seitdem hatte Henbrik sich wirklich trösten lassen, Mutter
fürchtete nicht ohne Grund das Wandeln mit Rien. War's
Eitelkeit, war's nur das natürliche Bedürfniß der Jugend,
Henbrik war jetzt wild verliebt in Cesarine. Er gestand es
sich selbst noch nicht recht, traute Cesarinen noch gar nicht,
wollte nichts Ernstliches, aber verliebt war er, und eifer=
süchtig auf jeden Blick, welchen Cesarine einem Andern zu=
wendete. Da sie nun keineswegs sparsam mit ihren Blicken
umging, so hatte Henbrik viel Gelegenheit zur Eifersucht und
wurde so mehr und mehr zu einem Geständniß angestachelt.
Doch hatte bis jetzt noch immer sein Kopf die Oberhand behal=
ten, diesen Abend indessen war er in großer Gefahr. Das
Blut klopfte zu heiß in Henbrik's Herzen. Als einen letzten
Versuch, sich gegen die Gewalt zu stemmen, welche Cesarine
mit jedem Augenblicke mehr und mehr über ihn gewann,
schlug der junge Mann vor, jetzt noch den beschlossenen
Spaziergang zu machen.

IX.

Wenn Jules Janin von Antwerpen aus das Meer ge=
sehen hat, so muß man das dem armen kleinen Entdecker
nicht, wie die Belgier thun, als einen Schnitzer anrechnen,

sondern es nur als einen etwas starken bilblichen Ausdruck nehmen. Antwerpen ist eine Seestadt, wenn es auch mitten im Lande liegt. Die Schelde bringt ihm das Meer, die Schelde macht es zum Hafen. Was macht einen Hafen aus? Schiffe und Matrosen. Die giebt's auf der Schelde und in Antwerpen aus aller Herren Länder, und selbst aus den Ländern, die keine Herren haben. Folglich ist Antwerpen eine Seestadt und liegt so gut wie am Meer.

Aber nicht blos als Repräsentantin des Meeres, auch an und für sich ist die Schelde ein schöner, prächtiger Strom. Das sagte die Hofräthin mit lauter Begeisterung zu Helenen, während sie bei dem Lichte eines „jungen Mondes", wie es so hübsch im Englischen heißt, am Werft hin- und hergingen, denn so nennt man in Antwerpen die Quais. Helene stimmte in ihrer gemäßigten Ausdrucksart bei. Unwillkürlich verglich sie die Schelde, welche sie vor sich sah, mit der Elbe, von der sie kam. „Die Elbe ist ein romantischer Strom," sagte sie, „die Schelde ein realistisch=poetischer." Die Mutter blieb stehen und sah die Tochter an. „Warum sagst Du solche Dinge nur, wenn wir allein sind, Lenchen, und nie in Gesellschaft?" fragte sie.

„Weil ich nicht aufzufallen wünsche," antwortete Helene gemessen.

Mit diesen Worten drückte dieses junge Mädchen eigentlich sein ganzes Wesen aus. Nicht aufzufallen, das war es, was sie wünschte, wollte, anstrebte. Bescheidenheit war es nicht, denn Helene wußte, daß sie sowohl im Aeußern, wie im Verstande keineswegs gewöhnlich sei. Sie beurtheilte sich ebenfalls ganz unbefangen als Klavierspielerin, sie hatte genug Mittelmäßiges gehört, um sich zugestehen zu können, daß sie in der Musik Ausgezeichnetes leiste. Ihr Talent zur Malerei stand dem der Mutter durchaus nicht nach, sie hatte es nur nicht weiter ausgebildet, vielleicht um mit der Mutter nicht in Nebenbuhlerschaft zu treten. Das vermied sie überhaupt und ließ der Mutter vollkommene Freiheit, sich liebenswürdiger, unterhaltender, freundlicher zu zeigen als sie und so besser zu gefallen. Helene hatte

einen ganz fürstlichen Stolz, sie blickte von oben vornehm
auf die Meinung der „gleichgültigen Leute" herab. Und
zu dieser Zahl gehörten fast alle ihre Bekannten. Nicht
leicht gewann Jemand irgend einen Werth für sie; sie
achtete schwer und schätzte dagegen rasch gering.
Es war ein wunderliches Verhältniß zwischen dieser
Mutter und dieser Tochter, für den wohlwollenden Beobachter
höchst unterhaltend. Die Mutter, trotz ihrer fünf= bis sechs=
undvierzig Jahre noch immer eine sehr hübsche Frau, von
üppiger, doch nicht ausschweifender Fülle, mit Haaren, die
noch glänzend schwarz, und Zähnen, die noch glänzend weiß
waren, die lebhafte, offene Künstlerin, deren Genialität bis=
weilen ganz dicht an Extravaganz streifte, die Mutter war
hier das Kind.

Helene bevormundete, Helene mäßigte, Helene erinnerte
sie. „Mama," diese beiden Sylben im Tone einer allerhöch=
sten kleinen Mißbilligung von ihrer Seite ausgesprochen, hat=
ten die Hofräthin von manchem allzugewagten Flug in die
Nebelgefilde der Excentrizität abgehalten, wo eine Frau
Nichts zu suchen hat. Wurde eine solche Mahnung von
fremden Ohren aufgefangen, so hieß Helene leicht unkind=
lich oder gar ungezogen. Der kindliche Respekt litt aller=
dings etwas unter dem Protektorat, das Helene ausübte,
„aber", fragte Helene sehr weise, wenn sie überhaupt sich
einmal zu erklären und zu vertheidigen geruhte, „sollte ich,
um einige leere Formen zu beobachten, die Mama ihrem
Künstlertemperament überlassen? Es ist anerkannt, daß
die genialen Frauen einer sorgsamen Leitung bedürfen.
Wenn der Papa noch lebte, so könnte er Mama leiten, aber
da sie Niemand hat als mich, so muß ich es thun. Ich möchte
wissen, was aus Mama werden sollte, wenn ich nicht da wäre.
Sie würde nie etwas kochen lassen und nie Geld haben." Helene
führte in der That die Wirthschaft und hatte die Kasse unter
sich. „Zu meinem Vergnügen thu' ich's wirklich nicht," ver=
sicherte sie. „Ich wünschte herzlich, Mama wäre nicht Künst=
lerin und ich könnte mich mit mir selbst beschäftigen. Aber
da es ist, wie es ist, so thu' ich meine Pflicht, und kümmere

mich durchaus um kein dummes Geschwätz über mich und mein Betragen."

Wenn die Mutter nicht Künstlerin gewesen wäre, da hätte Helene leben können, wie es sich für ihre Eigenthümlichkeit geschickt hätte, in passenden, bequemen und alltäglichen Verhältnissen. Die Gelegenheit war da; der Bruder der Hofräthin, Gutsbesitzer in Schlesien, Wittwer und kinderlos, hätte Nichts sehnlicher gewünscht, als die Schwester und die Nichte ein für alle Mal bei sich eingerichtet zu sehen. Von Zeit zu Zeit besuchte die Hofräthin ihn; sie war auf dem Gute aufgewachsen und vertauschte gern bisweilen das Künstlertreiben mit der Landwirthschaft, wovon sie mehr verstand als vom Hauswesen. Helene hatte kein Interesse für das Realistische des Landlebens, aber um so mehr ein tiefes Genügen an dem Poetischen desselben. Wenn sie nicht länger „auf Mama Acht zu geben hatte", dann wurde sie, wenn gleich immer auf ihre besonnene und gedämpfte Weise, junges Mädchen, dann las sie im Schatten sitzend, dann jätete sie Blumenbeete oder stangelte Erbsen, dann pflückte sie Erdbeeren, putzte sie ab und aß sie mit einer ganz besondern Ueberlegung des Genusses, dann setzte sie sich zu Tische, ohne zu wissen, was aufgetragen werden würde, dann zog sie sich mit ungewöhnlicher Sorgfalt an und machte Ausfahrten und Besuche, dann lebte sie, wie sie sagte, einmal für sich und ließ Mama machen, was ihr einfiel. „Hier auf dem Lande haben ihre Einfälle weiter Nichts zu bedeuten", sagte sie zum Onkel.

Aber Mama wurde des Unschuldszustandes, worin ihre Einfälle harmlos waren, immer bald müde und sehnte sich zurück in die Welt, wo man mit den besten Grundsätzen dem kleinen Gelüst, sich halb zu kompromittiren, nachgeben konnte, denn das war die kleine Schwäche unserer Hofräthin; sie selbst kostete nie von der verbotenen Frucht, aber sie sah gern zu, wie Andere hineinbissen. So unpassend solche Gesellschaft für ihre Tochter auch sein mochte, sie konnte es nicht lassen, gewisse Damen zu besuchen, welche, ein Gemisch von Bettina und Sand, manche Kreise in

Deutschland unsicher machen. Diese — genialen Frauen waren es denn auch, welche Helene am meisten verläumdeten. „Was muß die arme, warme Seele, die Herrmann mit dieser prosaischen Tochter zu leiden haben!" hieß es. „Sie fürchtet sich vor ihr, das ist ganz sicher." Allerdings fürchtete die Hofräthin sich bei solchen Gelegenheiten vor der Tochter, denn sie wußte im Voraus, daß nach beendigtem Besuche Helene über alles, was sie dabei gehört hatte, das tiefste Schweigen beobachten würde. Und dieses Schweigen scheute die Mutter am meisten; es war so vorwurfsvoll beredt. Sie hörte noch weit lieber das warnende: „Mama!" obgleich es sie auch oft genug ungeduldig machte. Aber in der Gesellschaft mit den Genialen sagte Helene nie „Mama!" da saß sie stumm da, kalt und steif, als wäre sie von Eis und Fischbein. Kein Wunder, daß sie für eine prüde Närrin, ein unkindliches Gemüth und eine völlig unfreie Natur galt.

Prüde wurde sie auch oft von den Männern genannt, und vielleicht war sie es mehr, als sie es gewesen wäre, hätte sie nicht auf die Mama aufzupassen gehabt. Aber so fürchtete sie unaufhörlich, daß ein Mann die doch immer etwas unbestimmte gesellschaftliche Stellung der Mutter dazu benützen könnte, sich Freiheiten herauszunehmen. Die unbesonnene Zuvorkommenheit der Mutter vermehrte diese Gefahr, und war schon mehr als einmal gemißbraucht worden. In solchen Fällen vertheidigte die Hofräthin ihre Würde allerdings mit vieler Entrüstung, aber Helene fand es für besser, nicht erst einer Vertheidigung zu bedürfen, und suchte daher die Bekanntschaften, welche die Mutter unaufhörlich mit so sorgloser Zutraulichkeit knüpfte, so viel wie möglich zu verhindern, deßwegen war sie auch heute, als die Mutter Hendrik ohne Weiteres in den Wagen genöthigt hatte, plötzlich so abstoßend gegen den jungen Antwerpner geworden. Sie konnte nicht wissen, daß er gewohnt war, nicht nur mit Frauen, sondern selbst mit jungen Mädchen völlig kameradschaftlich umzugehen, und so schob sie ihm dieselben Schlüsse unter, die ein junger Norddeutscher in einem ähnlichen Falle gezogen haben würde, und fragte sich: „was muß er von uns denken?" Und da Hendrik ihr mehr gefallen hatte, als bisher im ersten Augenblicke jemals ein junger Mann, so war ihr der Gedanke, er könne eine falsche Meinung von ihnen gefaßt haben, noch um so empfindlicher.

Eben dachte sie wieder an ihn und zog bei dem Zurückrufen des Vorgefallenen die Stirne leicht über den feinen Augenbrauen zusammen, da stießen sie auf ihn und Cesarine, welche an seinem Arme hing.

Hendrik fiel buchstäblich aus dem Himmel auf die Erde, denn Rien hatte ihn eben durch ein erneuertes Geständniß ihrer Neigung erhoben. Man geht nicht umsonst an der Schelde wandeln, wenn ein junger Mond scheint und ein milder Aprilabend die ersten Blätter an den Bäumen des Werfts duften macht. Hendrik hätt' es wissen können. Wenigstens mußte er es jetzt und war selig und triumphirend, da mußte er auch gerade auf die beiden Deutschen stoßen.

Daß die Hofräthin ihn nicht vorüberließ, ohne sich des so raschen Wiederfindens zu freuen und in aller Eile ihr Entzücken über die Schelde auszudrücken, das war von ihr vorauszusehen, diesen Augenblick benutzten die beiden Mädchen, um sich zu mustern. Im nächsten kehrten beide Paare sich den Rücken. Und da dachte Helene: „Das ist ja ein schwerfälliges unelegantes Geschöpf, welches an dem Arme des jungen Mannes wie ein Rekrut marschirt." Rien aber sagte: „Das ist eine aufgeputzte Puppe — wer ist sie denn, Rik, und woher kennt Ihr sie?" Die Musterung hatte von beiden Seiten kein günstiges Ergebniß geliefert.

X.

Trotzdem erschien Hendrik pünktlich am nächsten Nachmittag im Hôtel Rubens. Rien hatte ihn nicht zurückgehalten, sie war, um eifersüchtig zu sein, vielleicht zu eitel, vielleicht selbst zu träge. Wäre sie aber auch eifersüchtig gewesen, hätte sie Hendrik von dem Besuche bei den Deutschen abhalten wollen, so würde Hendrik ihn nichts desto weniger gemacht haben. Hendrik war allerdings in Cesarine bis über die Ohren verliebt und für den Augenblick ihr unterthäniger Diener, aber Hendrik war auch Vlaming d. h. er behielt sich selbst als Verliebter und Verlobter ungeschmälert die Freiheit vor, zu thun und zu lassen, was er wollte.

Die Hofräthin empfing ihn, ich will nicht sagen mit offenen Armen, aber mit offenem Herzen. Sie hatte am Morgen das Museum besucht, und war „in Entzücken". In aufrichtigem und echtem, denn sie war wirklich bis in die Seele hinein Künstlerin. Hätte ihr Talent bereits mit ihrem Enthusiasmus im Verhältniß gestanden, ihr Ruf hätte schon glänzend sein müssen. Aber, bis jetzt rechtfertigte, was man von ihr sah, nicht das, was man von ihr erwartete, wenn man sie sprechen hörte. Ihre Arbeiten litten hauptsächlich noch Mangel an plastischem Hervortreten. Weiter fehlte ihr wohl auch ein wenig die Unbefangenheit in der Komposition, sie arrangirte noch gern. Hatte sie eine hervorstechende Begabung, so war es die zur Koloristin, und deßhalb konnte der Rath, welcher sie nach Antwerpen, nach Belgien überhaupt brachte, nur als ein sehr verständiger betrachtet werden.

Was auch dazu kam, um ihr einen längeren Aufenthalt und das Erwerben einer künstlerischen Bedeutsamkeit in Belgien wünschenswerth zu machen, das war das entschiedene Mißwollen, welches die Kritik in der letzten Zeit gegen ihre Hervorbringungen an den Tag gelegt hatte. Sowohl in Leipzig, wie in Dresden waren ihre Sachen nicht nur kühl, sondern sogar mit einem gewissen Vorurtheil aufgenommen worden. Das kränkte sie nicht nur, es brachte ihr auch materiellen Schaden, denn obgleich sie einiges Vermögen besaß, so reichte es doch lange nicht aus, um ohne allzugroße Einschränkung in einer größeren Stadt zu leben. Sie wußte bereits aus Erfahrung, wie leicht was an einem oder an zwei Orten mißfallen hat, auch anderswo und endlich allenthalben mißfällt, und sie wollte nicht erst die allgemeine Stimmung gegen sich als Künstlerin auf den Gefrierpunkt fallen lassen. Darum gab sie lieber Deutschland für eine Zeit lang auf, obgleich sie sich in Dresden aus angenehmen geselligen Verhältnissen losmachen mußte.

Helene hätte ihrer Mutter die Reise ersparen können, hätte sie eingewilligt, die Hulbigungen des Journalisten entgegenzunehmen, welcher in Dresden die Kunstkritik ausübte. Er hatte es ihr erst zu verstehen gegeben, daß er die Bilder einer Schwiegermutter mit anderen Augen ansehen werde, als die der Hofräthin Herrmann, dann ganz gerabeheraus ein Entweder — Oder gesetzt. Helene sollte ihn lieben, oder er würde aufhören, zu loben. Daß er so gut wie verheirathet war, betrachtete er als kein Hinderniß bei seiner Bewerbung, denn sein Bruder war geneigt, ihm die Frau abzunehmen, welche bis jetzt als seine Gattin gegolten hatte.

Helene empfand es mit tiefer Bitterkeit, daß sie der Mutter wegen solchen Vorschlägen ausgesetzt sein konnte. In der Stunde, wo sie die Entwürdigung diefes Werbens zu ertragen hatte, liebte sie ihre Mutter nicht. Daß sie ihren Anbeter mit der ganzen Entrüstung abwies, welche in ihr loberte, war natürlich. Vorsicht konnte man von einem so jungen Mädchen in einem solchen Falle nicht verlangen. Sie hätte ihr Nein in Redensarten einwickeln können, sie sprach es unumwunden und verächtlich aus. Der Kritiker hatte sich nun nur noch zu rächen. Man muß ihm die Gerechtigkeit widerfahren lassen, daß er es that, ohne sich zu kompromittiren. Selbst wenn die Hofräthin gewußt hätte, was zwischen ihm und Helenen vorgegangen war, sie hätte ihm nicht sagen können: „Sie wollen meinen Künstlerruhm zu Grunde richten, weil meine Tochter Ihre Liebe nicht annehmen will." Er tabelte nicht. Er fragte nur, er bebauerte manchmal, und wenn er lobte — benn er lobte noch oft — so war das Lob so, daß ehrlicher Tabel besser gewesen wäre. Die Herrmann fühlte, daß er von ihrem Schmeichler ihr Feind geworden war, aber sie konnte es ihm nicht vorwerfen, sie konnte ihn nicht fragen, warum er sich ihr gegenüber so verändert habe, er war sicher und unangreifbar in der Stellung des offenherzigen, unparteiischen Freundes verschanzt. O diese offenherzigen, unparteiischen Freunde!

Genug, dieser Freund kritisirte die Herrmann aus Dresden sowohl, wie aus ganz Deutschland hinaus, und war die Veranlassung, daß sie jetzt Hendrik bitten mußte, ihr doch zum Miethen eines Quartiers behülflich zu sein.

Hendrik fragte sie, ob sie in eine Vorstadt ziehen wolle? Dagegen wandte sie die Entfernung vom Museum, sowie den unangenehmen Weg durch die Festungswerke ein. Hendrik ließ natürlich die Gelegenheit nicht vorbeigehen, ohne über die Vergrößerung von Antwerpen zu sprechen, den „geliebtesten Traum" aller Antwerpner. Die Hofräthin, welche sich leicht für Alles enthusiasmirte, wovon sie lebhaft sprechen hörte, ging mit heißer Theilnahme in Hendrik's Beweisführungen ein, und fragte schließlich ihre Tochter: „Findest Du es nicht auch, Lenchen, daß Antwerpen vergrößert werden muß?"

Helene hatte sich bis jetzt mit einem Gruße begnügt. Hendrik wartete mit einiger Neugier auf das, was sie sagen würde.

So wenig sie jemals ihre Meinung aussprach, ohne danach gefragt worden zu sein, eben so wenig hielt sie dieselbe je zurück, wenn sie erst sprach.

Auch jetzt sagte sie mit ihrem gemessenen Tone, daß Antwerpen ihr außerordentlich gefalle, wie es sei, und daß sie eine Vergrößerung gewissermaßen einer Zerstörung oder doch wenigstens einer Verwandlung gleich erachten würde.

„Und wozu eine Verwandlung wünschen, wo eine so poetische Physiognomie wie hier in Antwerpen durch Jahrhunderte ausgeprägt worden ist?" frug sie. „Städte, die sich ausbreiten, verflachen und verwischen sich zugleich — bedarf Antwerpen der Vergrößerung, um hübscher zu sein?"

Man hörte an Helenens Stimme, daß sie durch seine

Lippen kam. Die Worte fielen leise und kadenzirt. Ihre Phrasen waren abgerundet. Helene sprach immer mit Ueberlegung, wenn — sie nicht in der Leidenschaft sprach. Daß sie auch das könne, wußte Henbrik noch nicht, konnte es selbst nicht einmal ahnen. Er hielt Helene bis jetzt für kalt, klug und anmaßend. Sie zu verstehen machte ihm etwas Mühe, er war nicht an so reines Deutsch gewöhnt, doch gelang es ihm, ihr zu folgen.

„Hübscher braucht es nicht zu werden", antwortete er auf die Frage, mit der sie schloß, „aber gesünder und bequemer kann es werden, und darum müssen die Festungswerke weg."

„Aber wie wollen Sie sich denn da vertheidigen, wenn Antwerpen keine Festung mehr ist?" fragte sie weiter.

„Wir wollen uns nicht vertheidigen", antwortete Henbrik sehr bestimmt.

„Nicht vertheidigen?" Die kleine Preußin machte große Augen. „Was wollen Sie denn da, wenn der Feind kommt? Sich ergeben?"

„Handel treiben," war die unumwundene Antwort. „Antwerpen ist ein Hafen, ein Hafen kann, soll keine Festung sein. Es steht hier allzuviel auf dem Spiel. In unserem Entrepot sind Millionen Güter aus allen Ländern. Welch' ein Unsinn, die einem Bombardement auszusetzen! Finden Sie das nicht?"

„Ich kenne die Gesetze nicht, nach welchen man in eine Handelsstadt die Verpflichtungen gegen das Vaterland abwägt," erwiederte Helene. „Sie sind vielleicht abweichend von den allgemeinen". Damit stand sie auf, scheinbar, um in ihrem Koffer etwas zu suchen, eigentlich aber, um das Gespräch abzubrechen. Diese erste Bekanntschaft mit der unkriegerischen Gesinnung, welche durchgehends in Belgien und ganz besonders in Antwerpen vorwaltet, konnte einer so eifrigen kleinen Patriotin, wie Helene, nicht anders als widerwärtig sein. Helene war in dem Glaubensbekenntniß von Theodor Körner aufgewachsen: „Zum Tod für's Vaterland ist Keiner zu gut," und nun hörte sie auf einmal

behaupten, daß die Waaren im Entrepot mehr werth fein
follten, als ehrenvolle, tapfere Vertheidigung. Kein Wun=
der, wenn fie die feine Nafe fehr verächtlich rümpfte. Hen=
brik, der in ihrer Meinung fo glänzend bebütirt hatte,
fchien es förmlich darauf anzulegen, nicht nur den erften
Eindruck zu verwifchen, fondern einen ganz entgegengefetz=
ten hervorzubringen. Geftern hatte er einer Perfon den
Arm gegeben, welche Helene unelegant und ungraziös ge=
funden hatte, und heute mußte er, wie das junge Mädchen
es in Gedanken wegwerfend bezeichnete, „Krämerpolitik"
machen. „Wenn die Mama den jungen Mann noch öfter
kommen läßt," fagte fie vornehm zu fich felbft, „fo werde
ich mich doch zurückziehen."

XI.

Die Mama ließ den jungen Mann öfter kommen, und
fogar recht oft. Sie wäre auch fehr thöricht gewefen, wenn
fie es nicht gethan hätte. Hendrik war es, dem Mutter
und Tochter zu verdanken hatten, daß fie fchon nach wenigen
Wochen in Antwerpen eingerichtet und bekannt waren. Die
Vlamingen find im Ganzen hülfreich und dienftbereit, und
Hendrik insbefondere war der willigfte, gutmüthigfte Menfch,
den man fich wünfchen konnte. Wenn man überall feines=
gleichen fände, würde man als Fremder nicht oft monate=
lang fich wie verloren und verlaffen fühlen. Er mußte am
Werft eine Wohnung ausfindig zu machen, in welcher fich
ein Atelier einrichten ließ, er entdeckte ein Mädchen, welches
das Nothwendigfte kochen konnte und zugleich etwas Fran=
zöfifch verftand, er führte die beiden Frauen herum zu den
Künftlern und brachte ihnen einige feiner jungen literarifchen
Freunde, genug, in kürzefter Zeit hatten fie, fo gut es in
der Fremde geht, ihren eigenen Herd, konnten an einer
oder der andern Thüre fchellen, ohne fürchten zu müffen,
daß man nicht zu Haufe fein werde, und wurden auf der
Straße bisweilen gegrüßt. Und das Alles war lediglich
Hendrik's Verdienft, denn der Deutfche, auf welchen fie am

erſten Tage gehofft hatten, ſchien ein für allemal in Eng=
land bleiben zu wollen, ſowie ſeine Frau ein für allemal
leidend blieb. Wären die Herrmann's ſchon erfahrener als
Reiſende geweſen, ſo würden ſie ſich nichts Anderes erwartet
haben, jetzt wunderten ſie ſich nicht wenig über dieſen ge=
ringen Grad von Landsmannſchaftlichkeit, und waren Hendrik
um ſo dankbarer.
Helene hatte ſich der Dankbarkeit nicht entziehen können.
Wenn Hendrik nie kam, ohne guten Rath zu ertheilen, oder
irgend einen freundlichen Vorſchlag zu thun, wie hätte das
junge Mädchen das raſch entſtandene Vorurtheil gegen ihn
behaupten können? Sie legte es bei Seite und ergab ſich
darein, Hendrik verpflichtet zu ſein. Nicht daß ſie die Stirn
nicht noch immer zuſammengezogen hätte, wenn ſeine Ge=
ſinnungen gegen die ihrigen ſtießen, aber wenn ſie darunter
auch litt, ſo grollte ſie ihm doch nicht mehr. Sie beklagte
ihn nur, daß er, ſonſt ſo empfänglich für alles Edle und
Schöne, die freudige Aufopferung für das Vaterland nicht
begriffe. Selbſt als ſie allmälig einſehen lernte, daß in
Belgien die Nationalität erſt in der Bildung begriffen ſei,
und folglich der Patriotismus noch nicht angeboren und
inſtinktiv ſein könne, ſelbſt da fand ſie, daß Hendrik ſeinem
Lande eigentlich voraus ſein müßte. Wenn Helene ſich nicht
vollkommen ſicher in der Kälte geglaubt hätte, welche ſie
bisher den Männern gegenüber von ſich ſelbſt gewohnt ge=
weſen war, ſie hätte über dieſen ungehörigen Anſpruch,
welchen ſie an Hendrik machte, erſchrecken müſſen. Sie war
durch Leſen bekannt genug mit der Leidenſchaft, um zu
wiſſen, daß man nur von denen, welche man liebt oder
lieben ſoll, mehr verlangt, als eigentlich billig iſt. Aber
ſie war es ſich nicht bewußt, daß ſie Hendrik Van Loon
auf dieſe bedenkliche Weiſe auszeichnete. Sie dachte über=
haupt jetzt viel weniger nach, als es ihr eigen war. Sie
lebte, geräuſchlos und verſchloſſen, wie bei ihr Alles geſchah,
doch deßhalb vielleicht um ſo intenſiver.
Daß der junge Antwerpner einen ſo raſchen Eindruck
auf dieſes bisher ſo in ſich gekehrte Mädchenweſen machte,

war leicht erklärlich. Sie war noch nie in Berührung mit einer poetischen Natur gekommen, welche zugleich unbefangen gewesen wäre. In Deutschland ist die Naivetät mit der Schriftstellerei nicht mehr vereinbar. Das Selbstbewußtsein tritt mit dem ersten Federstrich ein. Ich möchte solch' ein Kind wie Hendrik Van Loon in Berlin oder in Leipzig sehen. Helene stellte sich ihn manchmal zwischen den Literaten vor, die sie kannte, und dann lächelte sie wie bei einer Szene voll feiner Komik. Sie hatte sich bei den Geist=komödien, welche um sie her gespielt worden waren, immer so passiv verhalten, daß sie Kühle und Zeit zur Beobach=tung gehabt hatte. Wie es bei ihrer geistigen Gesundheit nicht anders zu erwarten gewesen war, hatte sie einen tiefen Widerwillen gegen sämmtliche literarische und geniale Kokette=rien gefaßt. Hendrik kokettirte nie, oder doch wenigstens wie ein Jüngling, nie wie ein Literat. Er sprach z. B. nie von seinen Nerven, obgleich er welche hatte. „Wahr durch und durch," zu diesem Schluß gelangte Helene, nach=dem sie ihn einige Monate lang still beobachtet und ge=grüßt hatte.

„Wahr durch und durch." Hendrik pflegte, wenn ihm etwas recht gefiel, mit glänzenden Augen auszurufen: „Och, das ist lieb!" Das hätte Helene von ihm sagen mögen, d. h. nur ganz heimlich in ihrer Seele. Gleichsam lispelnd. Sie that es nicht, sie begnügte sich, blos, das von ihm zu denken, was sie allenfalls auch hätte laut sagen können.

Wenn sie es nicht sagte, so war das nur, weil sie ihre Mutter kannte. „O, o Lenchen!" würde die Hofräthin bei einer solchen Aeußerung ausgerufen haben, „was für ein Lobspruch! Nun weiß ich doch, was dazu gehört, um Gnade vor Deinen Augen zu finden. Man muß ein Dichter sein, der nicht deutsch schreibt." Dergleichen Aeußerungen wollte Helene vermeiden, darum sprach sie immer nur mit sehr sparsamer Anerkennung von Hendrik, und es war einzig und allein, „um mit den Leuten sprechen zu können," daß sie Vlämisch lernte. Auch als sie es verstand, waren Hendrik's Lieder keineswegs unter den ersten Büchern, welche sie las, obgleich unser junger Dichter, der sein Erstlingswerk noch gern verschenkte, ihr ein sehr schön gebundenes Exemplar überreicht hatte. So bescheiden er war, so ärgerte es ihn doch, wenn sie auf seine neugierigen Fragen, wie das oder jenes Lied ihr gefallen habe, immer antwortete: „Ich fürchte, Gedichte noch nicht verstehen zu können." Sie hätte das Buch lesen können, ohne es einzugestehen, aber Helene verachtete die Lüge dermaßen, daß sie sich nie freiwillig in die Noth= wendigkeit versetzt haben würde, eine sagen zu müssen. Und Hendrik durfte doch um alles in der Welt nicht ahnen, daß sie eigentlich nur um seine Lieder zu lesen Niederdeutsch gelernt hatte.

Er wollte indessen mit aller Gewalt von ihr als Dichter gekannt sein. Seine arme Eitelkeit wurde aufrührerisch. „Sie haben nun schon so viel gelesen, daß Sie ein Lied von mir verstehen müssen," sagt er ihr eines Abends.

„Poesie noch immer nicht," antwortete Helene. Sie saß am Fenster, welches offen stand, die Scheibe flimmerte in den letzten Sonnenstrahlen des langen Julitages, die lebendige Abendbewegung am Werft rauschte und schallte in das Zimmer, an dessen anderem Ende die Hofräthin vor einer eben entworfenen Skizze saß.

Hendrik sah schmeichelnd und überredend aus, ungefähr wie wenn er Mutter zu etwas bringen wollte, wozu sie nicht recht geneigt war. Als er nach jenem Abendspaziergang mit Rien Mutter beichtete, „daß es nicht blos beim Wandeln geblieben sei," da hatte er dieses Gesicht gemacht.

Helene lächelte. Sie lächelte jetzt oft, wenn sie mit Hendrik sprach. Hendrik fand meistens, daß sie „sehr lieb" sei. Nur bisweilen zog sie sich noch vornehm und abwei= send in sich selbst zurück, und dann wurde er unsicher und unruhig. Doch heute bei dem Anblick des Blättchens, welches verschämt und verstohlen aus Hendrik's Westen= tasche zum Vorschein kam, lächelte sie mit der freundlichsten Nachsicht.

„Ich hab' es im vorigen Winter gemacht," sagte er entschuldigend, indem er das Blättchen entfaltete, „damals

fand ich es wunderschön. Ich muß Ihnen ein Bekenntniß
ablegen: wenn ich ein Gedicht eben gemacht habe, find' ich
es immer wunderschön, und drei Tage später da weiß ich
nicht, ob ich es nicht in's Feuer werfen soll." Hendrik war
ganz überzeugt, daß nur ihm allein das begegne.

Helene belehrte ihn eines Bessern. „Allen wirklichen
Dichtern geht das so," sagte sie altklug, als hätte sie wer
weiß wie viele wirkliche Dichter kennen gelernt. „Aber wenn
Sie über dieses Gedicht besonders ungewiß sind und es durch
den Eindruck zu prüfen wünschen, den es auf mich machen
dürfte, so bin ich gern bereit, zuzuhören. Nur tragen Sie
es mir nicht nach, wenn ich noch nicht weit genug sein sollte,
Alles zu verstehen."

„Sie haben die Uebersetzung des Faust gelesen!" rief
Hendrik.

„Mit dem Original daneben," bemerkte sie. „Doch wollen
Sie nun anfangen?" fragte sie dann rasch, als hätte sie
einen plötzlichen Entschluß gefaßt.

Helene war, trotz ihrer seltenen Charakterentwicklung,
doch immer nur ein junges Mädchen, und Hendrik gegen=
über innerlich weder stark, noch klar. Es wird sie nicht her=
untersetzen, wenn ich für sie eingestehe, daß sie in dem An=
bringen Hendrik's, ihr sein Lied vorlesen zu dürfen, den
Wunsch, ihr ein Geständniß in Versen zu thun, nicht ge=
radezu annahm, aber doch halb ahnte. Das arme Kind, es
war gut, daß sie, um besser zuhören zu können, die Stirne
in die rechte Hand gesenkt hatte, denn bei den ersten Worten
schon fühlte sie, daß Hendrik dieses Lied nicht an sie gerichtet
haben könnte. Und doch war es ein schönes Lied, welches
Hendrik jetzt mit etwas bewegter Stimme hersagte:

Ich kam um Gnade Dich zu fleh'n,
Um Dich zu seh'n — ich sah Dich wieder,
Doch Du, Du schlugst die Augen nieder,
Und bleich und sprachlos blieb ich steh'n.
Kein Blick, kein Roth auf Deinen Wangen,
Kein Wort — Dein Herz blieb kalt und stumm —
Ich bebt' und glühte vor Verlangen,
Du gingst vorbei, sahst nicht Dich um.

> Ich lieb' Dich noch, wenn gleich den Eid
> Du brachest, den Du mir geschworen;
> Hast das Gedächtniß Du verloren,
> Bei mir ist's wie zu alter Zeit.
> Ich wollte meinerseits Dich lassen,
> Und, Dir entflohen, glücklich sein,
> Ich wollte Dich vergessen, hassen,
> Doch ach, mein Herz, es sagte Nein.
>
> Ja, ohne Frucht hab' ich gestrebt,
> Aus meiner Brust Dich zu vertreiben,
> Mein Ideal wirst stets Du bleiben,
> Auch wenn mir keine Hoffnung lebt.
> Und drückten gleich die schönsten Frauen
> An Brust und Lippen mich voll Glut,
> Ich stände kalt sie anzuschauen,
> Und brennte noch so heiß mein Blut.
>
> O nur noch einmal heiße mein,
> O nur noch einmal laß' Dich küssen!
> Und solltest Du gleich lügen müssen,
> Sprich doch: ich werde glücklich sein.
> Sag', daß Du Alles willst vergessen,
> Und auf den Knieen dank' ich Dir,
> Und einst vielleicht — wer kann's ermessen? —
> Kommt auch Dein Herz zurück zu mir.

Als Hendrik mit erhöhter Stimme geendigt hatte, erhob Helene sich aus ihrer Stellung, welche die des gesammelten Horchens gewesen war. Die Hand auf ihrer Stirne hatte nicht gezittert, kein Athemzug war lauter geworden als gewöhnlich. Etwas blaß war Helene, doch im Dämmerlicht des Abends sah man das nicht. Als sie sprach, klang ihre Stimme klar und leise wie immer.

„Ein schönes Gedicht," sagte sie. „Schade nur, daß es nicht ohne den Refrain ist, der es schwächt."

In der That war der Refrain matt gegen das Lied:

> Willst Du, Kind, mir wiedergeben,
> Was ich unverdient verlor,
> Nimm zum Tausch mein ganzes Leben,
> Nur sei hold mir wie zuvor.

Helene wiederholte ihn in ihrer noch immer zögernben und

unsichern Aussprache des Blämischen, dann fragte sie: „Hören Sie nicht selbst, wie er gegen das eigentliche Lied abfällt?"

„Es ist wahr," antwortete Henbrik, immer bereit, jeden gutgemeinten Tadel anzunehmen, „das Lied wäre besser ohne Refrain. Aber ich hab' es nach einer Melodie gemacht und da —"

„Gesungen wird der Refrain weniger stören," sagte Helene.

„Aber — im Ganzen sind Sie nicht unzufrieden?" forschte Henbrik.

„Ich habe es Ihnen ja bereits gesagt," antwortete Helene, welche zu den wenigen Frauen gehörte, die Wiederholungen unnütz finden. „Und verstanden habe ich es auch ganz gut," setzte sie hinzu; „nun kann ich Ihnen versprechen, daß ich morgen Ihre Lieder lesen will."

Von Cesarine kein Wort. Und doch hatte Helene augenblicklich errathen, an wen das Lied gedichtet war. Henbrik hatte es in der Zeit gemacht, wo er sich, der Poesie halber, überredet hatte, daß Rien ihm „nie wieder ihr Herz schenken werde." Seitbem war das Lied an seine Adresse gelangt und von Rien sehr gnäbig aufgenommen worden. Nicht dankbar, o nein, nur herablassend. Rien ließ sich zu Henbrik herab, und wie eine Person fast immer zu bem Preise angenommen wird, ben sie auf sich selbst setzt, wohlverstanden, wenn der Preis ein unverschämt hoher ist, so nahm Henbrik es auch wirklich als eine Ehre an, daß es ihm gestattet sei, Rien wieber zu lieben.

Helene konnte natürlich Rien nicht nach Henbrik's Schätzung annehmen. Rien gehörte zu den Mädchen, welche ihrem eigenen Geschlecht auf's Aeußerste mißfallen, während sie für die Männer im Allgemeinen einen gewissen realen Werth haben. Zu einem Vorwurf der Poesie war sie bisher nur von Henbrik gewählt worden. Er stattete sie mit bem aus, was ihr mangelte, und sah anstatt der Wirklichkeit in ihr nur sein Geschöpf. Vielleicht ist es eben, um verschwenberisch geben zu können, daß die Dichter sich meistens sehr untergeordnete Geschöpfe zu Geliebten wählen. Helene hatte

wohl schon öfter gelesen, daß man nie wünschen solle, die
Geliebte eines Dichters anders kennen zu lernen, als in
seinen Liedern; die Erfahrung davon hatte sie noch nicht
gemacht. Da sie persönlich dabei betheiligt war, litt sie
durch das Erfahren, obgleich sie erst allmälig fühlen sollte,
wie herb. In diesem Augenblicke nahm sie noch alle ihre
Kraft zusammen, um sich gegen das demüthigende Gefühl
zu stemmen, wie sehr sie sich getäuscht, als sie in Henbrik's
Versen eine Erklärung für sich erwartet hatte. Und nicht
während des Kampfes, erst wenn er aufgehört hat, fühlt
der Streiter, wie seine Wunden brennen.

Auch in der Nacht, wo sie, während die Mutter schlief,
Henbrik's Lieder las, weinte Helene noch nicht. Eine uner=
wieberte Neigung brauchte bei ihr längere Zeit, um sie mürbe
zu machen und zu beugen. Es waren schöne Springfedern
des Widerstandes in Helenens Natur. Sie las aufmerksam,
und, wenn gleich einigermaßen gespannt, so doch mit Ruhe.
Von einem Liebe dachte sie sich, daß es ebenfalls an Cesarine
sein möge; es war das, in welchem Henbrik die neue leben=
dige Liebe abwehrte, um der armen Todten treu zu bleiben.
Melanie war hierin Maria genannt, Helene hatte noch nichts
von diesem Jugendschicksal Henbrik's gehört: von wem sollte
sie erforschen, wer Maria sei? Sie sann nach; plötzlich nickte
sie leicht mit dem Kopfe. „Ich will Herreyns fragen,"
dachte sie.

XII.

Florent Herreyns gehörte zu den Leuten, die von zahl=
reichen Freunden ebenso herzlich ausgelacht, wie liebgehabt
werden. Daraus kann man schließen, daß er vortreffliche
Eigenschaften und viele Wunderlichkeiten zugleich hatte.

Was ihn charakterisirte und zu einer der eigenthümlich=
sten Individualitäten der Antwerpner Literatenwelt stempelte,
das war der Gegensatz zwischen seinen Eigenschaften und
seinen Wunderlichkeiten: diese waren weiblich, jene männlich.
Wenn er von unerschütterlicher Pflichttreue im Amt, von

der höchsten Aufopferung in der Freundschaft, von der echte=
sten Loyalität und Diskretion in allen Verhältnissen war, so
war er zugleich aufbrausend wie ein Milchtopf, empfindlich
wie ein verzogenes Kind, furchtsam vor Nachrede wie die
junge Frau eines alten Mannes, ängstlich mit seiner Person
wie ein junger Greis. Er faßte diese seine sämmtlichen
kleinen Schwächen in den drei Worten zusammen: „Ich bin
nervös." Damit glaubte er Alles erklärt und gerechtfertigt.
Eigentlich brauchte er nichts zu erklären und zu rechtfertigen,
denn man ließ ihm Alles durch, man ließ ihn selbst böse
werden. „Zu seinem Schaden," sagte unsere weise kleine
Helene. „Wenn man ihn zwänge, sich etwas mehr zu be=
herrschen, so würde er stärker und dadurch gesünder werden.
Aber so wie er ist," hatte sie mit ihrer sentenziösen Art
hinzugesetzt, „ist er ganz dazu geeignet, der Freund einer
Frau und selbst der eines jungen Mädchens zu werden, und
das ist der höchste Lobspruch, den man einem Manne er=
theilen kann."

Darum dachte sie jetzt an ihn. Herreyns gegenüber
würde sie von Hendrik sprechen können, ohne zu erröthen.
Erröthen gehörte zu den Dingen, welche Fräulein Helenen
„äußerst unangenehm" waren, weil man dabei „so dumm
aussähe". Herreyns nun machte Frauen nie verlegen, sie
hatten völliges Zutrauen zu ihm, Helene behandelte ihn mit
der Höflichkeit, wie sie ein junges Mädchen einem ältern
Manne bezeugt. Und er war achtundzwanzig Jahr, gerade
acht Jahr älter als sie. Ein geistreicher und boshafter
Freund behauptete, das käme Alles von der Archäologie her,
mit welcher Herreyns sich geistreich und gründlich beschäftigte.
„Der Mensch war mit zwanzig Jahren schon Archäologe,"
sagte der Freund, „wie sollte er da Zeit gehabt haben, um
jung sein zu können?"

Wie Florent Herreyns nun einmal war, sehr eilig, sehr
gut, sehr sorgfältig vor aller Zugluft eingewickelt und vor
Allem sehr nervös, kam er am nächsten Tage gegen sechs
Uhr zu der Herrmann.

Es war in einem Atelier ein Bild fertig geworden, das

mußte die Hofräthin sehen. Morgen wollten sie hin, morgen war Sonnabend, da hatte er auf seinem Bureau nichts zu thun — Herreyns hatte ein Amt bei ich weiß nicht welcher städtischen Verwaltung — wollte Madame „Ermann?" Florent ließ gewissenhaft alle H's weg, eine Eigenthümlichkeit des Vlämischen, welche Namen beim Aussprechen für den Fremden oft völlig unverständlich macht.

Madame „Ermann" wollte mit Freuden. Das Bild war gewiß wunderschön?

Es war ein Meisterwerk. Bei Florent war jedes Bild, welches in Antwerpen gemalt wurde, ein Meisterwerk, jedes Buch, das in Antwerpen geschrieben wurde, desgleichen — in Antwerpen gab es nur Meister. Nie ist, was die Franzosen „Kirchthurmliebe" nennen, so nah der Leidenschaft gekommen, wie Florent's Anhänglichkeit an seine Vaterstadt. Er liebte sie „nervös," das drückt Alles aus.

Deßwegen stimmte er auch viel besser mit der Hofräthin überein, als mit Helenen. Die Künstlerin, welche immer Enthusiasmus überflüssig hatte, fragte nicht danach, woran sie ihn wandte, und spielte so bei Florent's vaterstädtischen Hymnen mit der liebenswürdigsten Gefälligkeit die Rolle des Echos. Helene, die mit ihrem Beifall so gut Haus hielt, wie mit allen übrigen Dingen, hörte zwar meistens mit Antheil zu, gab wohl auch bei Manchem ihre Beistimmung zu erkennen, aber that das, wie alles sonst, nur mit Maßen. So glaubte denn Florent, sie lasse seinem Antwerpen nicht die Gerechtigkeit widerfahren, welche der „Königin der Schelde" gebühre, und das machte ihn bisweilen „nervös" gegen Helene. Dann sah sie ihn an und zuckte mit einer kleinen spöttischen Miene ganz unmerklich die Achseln. Im Ganzen waren sie jedoch gute Freunde, so weit nämlich Helene das mit einem Manne sein konnte, und Florent bereute es nicht, daß er Henbrik's Anbringen nachgegeben und ihn zu den Deutschen begleitet hatte. Eigentlich liebte Florent es nicht, mit Fremden zu verkehren, und sie wurden ihm immer aufgeladen; jeder Freund aus Gent oder Brüssel adressirte die Fremden, die Antwerpen sehen wollten, an

Florent. Dann lief Florent mit ihnen in der Stadt herum, verlor den Athem, verlor die Zeit und wurde „nervös." So hatte er denn Henbrik's Vorstellungen mehrere Wochen lang mit Ungeduld zurückgewiesen, und war zuletzt, glaub' ich, nur mitgegangen, um endlich einmal Ruhe zu haben. Aber sobald er eine Stunde mit der Hoftäthin geplaudert hatte, gefiel sie ihm schon deßwegen, weil sie Rubens für den ersten Maler der Welt erklärte. Das war auch in Florent's Kunstcredo der Hauptartikel, und wer gleich ihm daran glaubte, war sein innerlicher Genosse.

Helene machte ihn auch darin „nervös," daß sie die Melancholie Van Dyck's der Ueberpracht von Rubens vorzog. Florent versuchte anfänglich mit einem wahrhaft altspanischen Glaubenseifer ihre Bekehrung, doch Helene ließ sich nie in etwas hinein oder aus etwas heraus reden; hatte sie ihr Urtheil erst einmal fertig, so war es für immer. „Ich sehe nicht ein, warum ich mir durchaus bei Rubens Augenschmerzen holen soll," sagte sie zur Mutter. „Auf seinen Bildern ist's gerade, wie wenn es bei Sonnenschein blitzt und regnet — ich bin für die Ruhe, sei es im Schatten, sei es im Sonnenschein — Van Dyck ist Ruhe im Schatten." Und wenn sie die Mutter auf das Museum begleitete, und diese sich an die Kopie setzte, welche sie von Rubens „Jungfrau mit dem Papagei," unternommen hatte, einem der glänzendsten Bilder dieses glanzreichsten aller Maler, da nahm Helene vor einer der Erlöserdarstellungen Van Dyck's Platz. Am stillsten und längsten stand sie immer vor dem Kreuz, welches einsam in den düstern Wolkenhimmel hineinragt. Wenn sie dann zurückkam, las sie oft ein Kapitel von der Nachfolge Christi, welche als Kommunionsgeschenk des Onkels sie immer bei sich hatte. Hätte sie sich über ihre innersten Empfindungen ausgesprochen, würde sie gesagt haben, daß erst durch Van Dyck ihr die Idee des leidenden Christus recht deutlich geworden sei. Aber das war zu tief in ihr, um sich äußern zu lassen, sie begnügte sich, einfach zu sagen: „ich ziehe Van Dyck allen andern Malern vor." Florent, der als getreuer Antwerpner nicht anders konnte, als Van Dyck auch anbeten, war in einer drolligen Verlegenheit. Eigentlich konnte er nichts sagen, denn was dem einen seiner großen Landsleute entzogen wurde, das kam dem Andern zu Gute. Er hätte nur gewünscht, daß Helene beide Meister gleich bewundert hätte; da es sich nicht machen wollte, schickte er sich. Auch jetzt sagte er zu ihr: „Sie können mit uns kommen, Mademoiselle, Sie werden ein ruhiges Bild sehen." Florent sprach mit Helenen und ihrer Mutter meistens französisch.

Helene antwortete: „Wenn es auch ein unruhiges Bild wäre, würde ich Mama doch begleiten," dann nahm sie Van Loon's Bändchen, das vor ihr auf dem Tische lag, schlug es bei dem Liede auf, welches sie an Cesarine gerichtet glaubte, und sagte ohne das mindeste Stocken: „ich habe heute die Lieder von Herrn Van Loon gelesen — bitte, wer ist Maria?"

Florent, der in seinen archäologischen Studien unbarmherzig alle romantischen Erfindungen in den Lebensgeschichten der Maler verfolgte und entlarvte, war doch bei seinen literarischen Zeit- und Stadtgenossen auf Nichts stolzer, als auf die Romantik, welche es etwa in ihrem Leben geben mochte. Konnte er von einem sagen: „er hat bereits einen Blutsturz gehabt," so empfand er einen Triumph. Damit fing er auch jetzt die Geschichte von Hendrik's Jugendliebe an. Helene zog ein Gesicht, sie konnte Blutstürze ebenso wenig leiden, wie Nervenschwäche. „Wenn ein Mann kränklich ist, was soll er denn da in der Welt?" fragte sie, wenn man ihr einen Mann dadurch interessant machen wollte, daß er körperlich litt. Es war die Unduldsamkeit eines durch und durch gesunden Wesens, sowie eine ideale und darum übertriebene Auffassung der Männlichkeit, welche allerdings ohne Kraft nicht ihre Aufgabe in der Welt erfüllen kann. Nur wußte Helene noch nicht, daß der Wille ebenso stark sein kann, wie die Gesundheit.

Florent wunderte sich, daß seine rührende Erzählung von Hendrik's Lieben und Leiden keinen größern Eindruck auf das junge Mädchen hervorbringe. Helene blickte, wäh=

rend er sprach), auf das Bändchen nieder, welches sie noch immer in der Hand hielt.

Als er mit einem „voilà" schloß, legte sie das Buch auf den Tisch zurück, und sagte: „Dank, Herr Herreyns." Dann fragte sie ihn, ob sie ihm etwas vorspielen solle.

„Aber nicht den Trauermarsch von Beethoven," setzte sie hinzu. „Das taugt für Sie gerade so wenig wie die Stunden, welche Sie vor dem blutenden Christuskopf von Massys zubringen. Sie müssen sich durchaus diese Gefühlsschwelgereien versagen, Ihre Nerven erschlaffen ja immer mehr. Sehen Sie, mich macht die Musik niemals nervenkrank, das kommt daher, weil ich sie vernünftig betreibe. Hat denn Herr Van Loon jetzt wenigstens den Blutsturz aufgegeben?"

„Ich glaube, er hat mehr als das aufgegeben," antwortete Florent, der sich einbildete, Helene beobachten zu können. „Er ist jetzt, was Sie vernünftig nennen."

Helene sah ihn klar und unbefangen an. „Ja?" antwortete sie, „das ist recht gut, dann wird er wieder gesund werden." Sie setzte sich an den Flügel und spielte ein Lied von Mendelssohn-Bartholdy.

XIII.

Florent traf Henbrik zwei Tage später, also am Sonntag, auf dem grünen Platz. Henbrik ging zu Rien, Florent kam abermals von der Herrmann, wo er sein Urtheil über eine Skizze abgegeben hatte, nicht die von jenem Abend — eine neue. Die Hofräthin war in das Entwerfen hineingekommen, jede neue Entwicklungsperiode des Geistes beginnt mit der Unruhe der Pläne.

„Tag, Meinherr Van Loon," sagte Florent. Im Blämischen wird blos kurzweg „Tag" gesagt — das „gute" erspart man sich, nur bei der Nacht setzt man es hinzu.

Henbrik erwiederte ebenso höflich und freundlich: „Tag, Meinherr Herreyns."

„Wohl, und wie geht es?"

„Nun, so stillchen weg." Stillchen ist ein beliebter Ausdruck, welcher dadurch drollig wird, daß die Vlamingen meistens sehr laut sprechen und sich sehr geräuschvoll gehaben.

„Wart Ihr schon bei Madame Ermann?" frug Florent weiter.

„Nein, heute noch nicht," versetzte Hendrik etwas verlegen durch Florent's Lächeln. Florent konnte sehr satyrisch lächeln, und hatte durch die geschlitzte Form seiner Augen ganz den Seitenblick in der Gewalt, von welchem ein solches Lächeln eigentlich begleitet sein muß.

„Wohl," sagte Florent wieder, indem er Hendrik seine Begleitung angedeihen ließ, eine seltene Ehre, denn Florent war katholisch und ließ sich ungern öffentlich mit Liberalen sehen, „wohl, ich war heute da, gestern, vorgestern —"

„Nicht öfter?" schob Hendrik ein.

„Nein, nicht öfter," antwortete Florent unschuldig. „Und — laßt mich sehen, wann es war — ja, vorgestern da fand ich Jungfrau Ermann mit — den Liebern von Meinherr Hendrik Van Loon beschäftigt und — mit Meinherr Hendrik Van Loon auch."

„Ja?" fragte Hendrik und gab sich alle Mühe, unbekümmert auszusehen.

„Nun, fragt mich nur, ich werde Euch antworten," sagte Florent mit verstellter Gutmüthigkeit.

„Ist was zu fragen?"

„Ja, und was zu antworten auch. Die Jungfrau erkundigte sich, wer Maria wäre, und ich — habe ihr das sehr rührend erzählt —"

„Ich kann mir das denken," warf Rik trocken dazwischen.

„Meinherr Van Loon!" sagte Florent feierlich, „zweifelt Ihr an meinem Wunsche, an meinem Bestreben, Euch so interessant wie möglich hinzustellen?"

„O keineswegs," antwortete Hendrik mit einer kleinen Verbeugung, „und ich bin überzeugt, Eure Bemühungen haben den besten Erfolg gehabt."

„Das kann ich leider nicht sagen," sprach Florent. „Ich weiß nicht, war es meine Schuld — Ihr wißt, ich bin kein

Romancier — ober ift die junge Jungfer unempfänglich für rührende Geschichten — die Wahrheit ist, daß sie sehr wenig interessirt aussah."

Hendrik steckte die Hände in die Taschen und fragte: „wohl, das ist ja doch kein Unglück, nicht wahr?"

„Ich habe nicht gesagt, daß es ein Unglück sei," antwortete Florent sehr freundlich. „Und wohin geht Ihr denn nun, Meinherr Van Loon?"

„Och, ich gehe nur so ein Bischen zu Madame Veydt."

„Eine gute Frau, Madame Veydt."

„Eine sehr gute, brave Frau."

„Und Edward ist auch ein netter Junge."

„Sicher." Sicher ist im Vlämischen etwa wie das lombardische „altro!" eine emphatische Bekräftigung.

„Wohl, Tag, Meinherr Van Loon," sagte Florent.

„Tag, Meinherr Herreyns," antwortete Hendrik.

Sie gingen ein Jeder seines Weges, aber in sehr verschiedener Gemüthsstimmung. Florent empfand ein kleines inneres Behagen. So gut er eigentlich war, so gern plagte er besonders seine Freunde. Und dann hatte er eine große Neigung zur Eifersucht. Es war dabei kein Neid im Spiel, er gönnte Andern alles Gute, aber er wollte gern etwas Besonderes sein und haben. Wo er öfter hinkam, mochte er gern der am meisten geschätzte, am vertraulichsten behandelte Freund sein. So war es auch bei den Herrmanns. Je mehr Florent sich bei ihnen eingewöhnte, je angenehmer ihm dieser Verkehr mit zwei empfänglichen und verstehenden Frauennaturen wurde, je mehr störte es ihn, Hendrik auf dem Platz des zuerst Bekanntgewordenen zu finden. Er hätte mögen nachträglich die Herrmanns in Antwerpen einrichten und einführen. Und da das nicht ging, so nahm er geschwind die Gelegenheit war, um Hendrik anzudeuten, daß er Helenen doch wohl nicht so viel Interesse einflößen dürfte, als er vielleicht glaube.

Hendrik — hatte es nicht geglaubt, o nein; aber als Florent ihn so freundlich das Gegentheil merken ließ, da — ärgerte er sich doch. Welcher junge Mann kommt öfter

mit einem anmuthigen jungen Mädchen zusammen, ohne
den leisen Wunsch zu hegen, ihr — wenigstens nicht ganz
uninteressant zu bleiben? Daß Hendrik Rien liebte, machte
ihm Helenens Gesinnung gegen ihn keineswegs gleichgül=
tiger, ihr — Wohlwollen durchaus nicht minder wünschens=
werth. Die Männer sind, im Allgemeinen wohlverstanden,
darin den Koketten unter den Frauen ähnlich, sie wollen
überall Allen gefallen. Versteht sich, daß Hendrik der
jungen Deutschen nicht bis zu einem gefährlichen Grade
gefallen wollte, „aber doch so ein Bischen", wie die Vlamingen
sagen, wenn sie gern Viel haben möchten, ohne es doch
geradezu fordern zu wollen. Und dieses „Bischen" wurde
ihm nun durch Florent zweifelhaft gemacht. Sie hatte
seine Geschichte kalt angehört, wer mußte denn, ob sie nicht
sogar darüber gelacht hatte? Ueber Melanie, die arme
Todte lachen — Hendrik war entrüstet. Dann sagte er
sich als vernünftiger und billiger Mensch, daß er ja keinen
Grund dazu habe, Helenen eine solche Gemüthlosigkeit zu=
zutrauen. Florent hatte ja nur gesagt, daß sie nicht in=
teressirt ausgesehen habe. Nun, das war ihr Recht, sie
war ja nicht dazu verpflichtet, sich für ihn zu interessiren.
Gewiß nicht. Zugleich mit diesem Schluß kam Hendrik an
die Thüre der Madame Veydt. Cesarine erwartete ihn
heute mit einer wahren Sonntagslaune, sie hatte ein neues
Kleid an. Hendrik sollte das neue Kleid bewundern, Hen=
drik fand, daß es sehr schlecht gemacht sei. So dick sah
Cesarine darin aus — och! Schlank konnte sie nie aus=
sehen, dazu war sie nicht gebaut, aber dicker als gewöhn=
lich sah sie auch nicht aus, denn sie trug selbst Sonntags
keine Krinoline. Das war eine Eigenschaft, wegen welcher
Cesarinen viele minder gute verziehen werden konnten, eine
Eigenschaft, die ein Jeder nach Werth zu schätzen wissen
wird, welcher von Achtzehnhundertsechsundfünfzig bis acht=
zehnhundertneunundfünfzig, wer weiß, wie viele Jahre länger
noch, die Qual erlitten hat, auf den belgischen Eisenbahnen
zwischen den in Tonnen verwandelten Brüsslerinnen, Ant=
werpnerinnen, Mechlerinnen u. s. w. zu sitzen und zu er=

sticken. Henbrik jedoch war diesen Morgen nicht in der Stimmung, gerecht zu sein, er fand Cesarine zu dick auch ohne Krinoline. Als Cesarine in gerechter Empfindlichkeit sich erkundigte, was ihm benn seinen „Humor" so verdorben, da wollte er zuerst an Kopfschmerz oder „Hauptpein" leiden, und dann packte er seine üble Laune dem Ministerium auf. Ja, das Ministerium, für welches Henbrik so begeistert geschrieben hatte, es hatte sich Henbrik's und der liberalen Partei unwürdig gezeigt, es war viel „retrograder", als ein katholisches je zu sein gewagt hatte, kurz, es konnte nicht liberal im Sinne der „Konstitution" genannt werden. Jef war noch zur Nachsicht gegen dasselbe geneigt — aus den fünfhundert Franken konnten tausend werden, Jef brauchte dazu nur ein· zweites „gottesdienstliches" Buch zu schreiben, welches nicht ging. Henbrik dagegen verlangte mit großer Energie „das reaktionärste Ministerium, welches es geben könne", „denn", setzte er sehr weise hinzu, „das allein kann uns die Revolution bringen. So lange man glaubt, daß wir ein liberales Ministerium haben, kommt keine zu Stande." Was werden sollte, nachdem die Revolution zu Stande gekommen sei, das mußte man Henbrik nicht fragen: er hatte das Unglück der jungen Weltstürmer, nicht zu wissen, was er wollte. Indessen das würde sich finden, meinte er, und frugte Rien, ob sie das nicht auch glaube? „Was?" fragte Rien sehr kurz. — Daß eine Revolution kommen müsse, antwortete Henbrik sehr erhitzt und ärgerlich. — „Ach, was geht's mich an, ob eine Revolution kommt oder nicht," erwiederte Rien auch ärgerlich. Sie waren beide ärgerlich, der Sonntag war verdorben. Es ließ sich fast mit Bestimmtheit voraussagen, daß in Henbrik's künftiger Ehe öfter die Sonntage auf eine solche Art, d. h. um Nichts und wieder Nichts verdorben werden würden.

XIV.

Als Henbrik im Laufe der folgenden Woche Helene zum ersten Male wiedersah, näherte er sich ihr mit Mißtrauen, wurde jedoch durch eine ganz ungewohnte Freundlichkeit ihrerseits überrascht. Sie sprach sich warm über seine Lieder aus, lobte und tadelte unbefangen, und fragte dann im Ton einer unverkennbaren Theilnahme nach Melanien. Hendrik zögerte Anfangs, zu erzählen. „Weiß ich denn, ob sie mich nicht blos ausfragen will, um sich nachher lustig über mich zu machen?" dachte er. Doch als er sie ansah, da begegnete ihr Auge dem seinigen mit einem so klaren offenen Blick, daß Hendrik es fast für eine Sünde gehalten hätte, dem jungen Mädchen zu mißtrauen. Was ihm schon öfter bei Helenen geschehen war, er fühlte in ihrer Gegenwart die Erinnerung an Melanie besonders innig und lebendig in sich wach werden, und sprach so warm von der Todten, als wäre sie noch immer allein in seinem Herzen. Helene schien das auch anzunehmen, kein Wort deutete an, daß sie eine neue Liebe bei Hendrik für möglich halte. Und doch war es Cesarinens wegen und wegen Hendrik's heißer Lieder an sie, daß Helene den jungen Mann auf einmal mit so ungemeiner Zutraulichkeit behandelte. „Er ist, wie Herreyns, ungefährlich," hatte sie lächelnd zu sich selbst gesagt. Florent war weder verliebt, noch verlobt, gehörte aber ausschließlich seiner Mutter an, und stand deßwegen mit allen, selbst mit den allerjüngsten Mädchen auf einem gewissen brüderlichen Fuße. So wie ihn nun wollte Helene von jetzt an Hendrik betrachten, und zu der großen Beunruhigung des armen Menschen führte sie dieses Vorhaben mit ihrer gewohnten Bestimmtheit aus. Ob etwas vom weiblichen Dämon in ihr sich regte, ob Hendrik empfinden sollte, was sie sei, um ihr Wesen dann mit dem Cesarinens zu vergleichen und vielleicht ein wenig zu seufzen — wer kann es sagen? Versichern kann ich, daß Helene sich einer solchen Absicht nicht bewußt war, daß sie aus Instinkt that, was sie that, nicht mit Vorbedacht. Für Hendrik blieb sich das gleich. Er sah plötzlich eine Erscheinung vor sich, wie er sie sich noch nie geträumt, am wenigsten unter Helenens Zügen. Es war, als strahle Helene Poesie aus und verwandle Antwerpen in einen ganz neuen Ort in einer wunderbaren Welt. Bulwer sagt in seinem neuesten schönen Buche: ohne Poesie sei eine Liebe zwischen zwei jungen Leuten allerdings eine recht hübsche Sache, aber immer nur alltäglich und daher keiner ernsten Behandlung werth. Dasselbe läßt sich von allen menschlichen Verhältnissen sagen. Auf ihren einfachen prosaischen Bestand zurückgeführt, lohnt es sich da wohl der Mühe, auch nur ein ernstes Wort darüber zu verlieren, ob die Frau so und so ihr Kind wiegt, ob Herr so und so und Fräulein so und so sich heirathen, oder ob Herr so und so seine Frau begräbt? Die Prosa ist ein elend Ding: dürrer Sand, gemeiner Stein, altes Brod. Die Poesie allein ist Leben und Wahrheit. Wo sie erscheint, da sproßt's, da blüht's, da klingt's. Aus den bisher ganz alltäglichen Beziehungen Helenens zu Hendrik machte die Poesie ein Räthsel zwischen zwei Seelen. Man konnte noch nicht vorhersagen, wie es sich formen und auflösen würde, aber im Entstehen begriffen war es. Helene war nicht nur zeitweise durch die Jugend, nicht nur bedingungsweise durch die Umstände, sondern an und für sich durch ihr Wesen poetisch. Das wirkte nun auf Hendrik, sobald sie es freiließ — bis zu welchem Grade, das konnte sich eben erst allmälig beurtheilen lassen. Genug, daß Hendrik in Helenen mit Erstaunen plötzlich ein anderes Mädchen entdeckte, so verschieden von dem, dessen Bekanntschaft er im April auf dem Grünen Kirchhof gemacht, daß er sich bisweilen mit unruhigem Unbehagen die Augen rieb, wie man wohl thut, wenn ein Morgentraum eigensinnig ist und selbst nach dem Erwachen nicht recht verschwinden will.

Wenn man hätte sagen sollen, worin die Veränderung Helenens eigentlich bestand, so hätte man umsonst nach Worten gesucht. Sie kleidete sich wie immer, sie sprach nicht mehr als gewöhnlich, sie nahm keine vertraulichen Manieren gegen Hendrik an. Sie war nur anders. Was sie sagte, klang anders; wenn sie ihn ansah, so lag etwas in ihrem Auge, das nicht ihr Blick, sondern ihre Seele war.

Doch ja, Einiges that sie auch. Von Zeit zu Zeit schlug sie in einem ihrer Lieblingsdichter ein Lieblingsgedicht auf, und gab es Henbrik zu lesen. Der junge Antwerpner kannte bisher von deutscher Lyrik nur Heine und Louise von Ploennies, welche in Vlämisch-Belgien sehr populär ist. Helene lehrte ihn nun auch Uhland, Chamisso, Geibel, Rückert und Strachwitz kennen, deren Werke sie überall hin begleiteten.

Wenn er das angezeigte Gedicht oder Lied gelesen, so deutete Helene leise, wie man wohl an einer seltenen Blume die Staubfäden oder Blätter zeigt, die einzelnen Schönheiten darin an. Ein solches Lied drang dann auf eine ganz wunderbare Weise durch Henbrik's ganzes Wesen, er sagte einmal: „mir ist, als tränk' ich starken Wein, dessen Wärme man durch und durch fühlt." Die gleiche Wirkung empfand Henbrik auch, wenn Helene einige von den Melobieen sang, durch welche deutsche Musiker die schönsten deutschen Lieder gleichsam noch ein Mal geschaffen haben. Helene hatte nur eine unbedeutende Stimme, aber sie sang mit ihrem großen Verständniß der Musik, und gab die Melodie einfach wieder, wie sie da stand, ohne, gleich den wirklichen Sängerinnen, sich mit der „Auffassung" abzumühen. Diese Art zu singen war für Henbrik, welcher durchaus nicht musikalisch war, aber von Natur ein gutes Ohr hatte, die einzige, woburch er die Melodieen verstehen konnte. Auch er versuchte, zu singen, er wußte eine Menge Lieder — welcher Vlaming weiß nicht Lieder und singt sie nicht, gleichviel ob mit oder ohne Kunst? Helene traf nach den Melodieen, welche Henbrik ihr vorsummte, ihre Auswahl unter den vlämischen Liederkompositionen, die fast immer von einer großen Frische sind. So musizirten und lasen der junge Antwerpner und die junge Deutsche oft stundenlang mit einander, aber Dank der Haltung Helenens thaten sie es stets mit einem so vollkommenen Anschein von Unbefangenheit, daß selbst Florent, der geschwind einmal nach dem Rechten oder dem Unrechten sehen kam, keine Veranlassung zu Spöttereien entdecken konnte.

Wenn man sich bergleichen poetische Jugendferien an prosaischen Orten herausnimmt, da werden sie einem recht unbarmherzig gestört und verbittert. Die Stadt oder das Dorf, wo man nun gerade ist, hat sich mit sämmtlichen Alltagsjämmerlichkeiten noch nie so breit gemacht, wie gerade zu dieser Zeit, wo man einmal ausnahmsweise jung und poetisch sein will, und die widerwärtigsten von allen widerwärtigen Leuten, die man kennt, haben ganz unfehlbar einen ganz unwiderstehlichen Drang, einen zu besuchen, und einem die alleruninteressantesten oder gar die allerunangenehmsten Dinge mitzutheilen.

Aber Hendrik und Helene hatten es darin gut. Antwerpen ist ein Lokal, das Antwerpner Leben ein Element für Romantik, mag sie nun gedichtet oder gelebt werden. Ohne durch Alterthümlichkeit melancholisch zu sein, wie Brügge, hat Antwerpen genug davon, um nicht in die moderne Plattheit zu fallen. Zugleich ist es in seinen Vergnügungen modern geworden, ohne seinen echtvlämischen Charakter aufzugeben. Es ist geschichtlich bedeutend, und hat seine Bedeutung in der Gegenwart nicht verloren. Es ist keine Provinzialstadt, und doch provinziell, d. h. in einer eigenthümlichen Persönlichkeit auf einem besondern Grund und Boden groß und stark geworden. Genug, es hat die Vortheile und wenig von den Nachtheilen einer großen Stadt, welche an einem der Weltwege liegt. Und wie durch seine bewegte allgemeine Geschichte, abgesondert von ihr und doch wieder in den lebendigsten Bezügen mit ihr, die Geschichte seiner Kunst geht, so zieht sich auch durch sein heutiges Handelstreiben das Weben und Leben der Künstler in farbigen Fäden und goldenen Adern. Wahr ist es, leider wahr, daß in den letzten Jahren die Politik dem harmlosen artistischen Treiben viel Eintrag gethan hat, und es gehört das zu ihren schwersten Sünden. Aber hier und da guckt unter den großen Zeitungsblättern doch noch immer das lustige Gesicht des Humors hervor, welcher früher die Künstler und Literaten so phantastisch zusammentrieb, ihnen ein Stück Brod, allenfalls ein Stück Wurst, als polizeimä=

ßiges Abendessen aufschwatzte, aus dem Zinntopf mit Gersten oder Doppelseef eine Schale der Begeisterung machte, und wenn das Talglicht zu theuer war, den Mond leuchten ließ. Helene wenigstens gab mit allergnädigster Billigung zu erkennen, daß sie Literaten und Künstler noch nirgends so wie andere Menschen gefunden habe, das wollte sagen, so harmlos, so einfach, so ganz ohne außerordentliche Ansprüche, so geneigt und bereit, bei jeder Veranlassung lustige Brüder zu sein. Nicht, daß es in Antwerpen gar keine „Genies" gegeben hätte, für welche die Erde zu schlecht war, ja, es waren welche vorhanden; wollte ich das nicht eingestehen, so könnte man mir mit Recht vorwerfen, daß ich statt Antwerpen, d. h. einer Stadt mit Häusern und Menschen wie eben andere Städte auch, ein literarisches Paradies male, wie es auf Erden keines geben kann. Aber die unbequemen außerordentlichen kamen gegen die Schaar der gesunden-ordentlichen Kräfte und Talente gar nicht in Betracht. Sie verdarben nichts, sondern machten höchstens sich selbst unangenehm. Die Freiheit konnte man ihnen gestatten; Helene äußerte auch: „wenn es den und den Herren Vergnügen macht, anmaßend und abgeschmackt zu sein, so kann man sie ja lassen." Die Angenehmen, d. h. über drei Viertel von der Künstler- und Literatenwelt, bildeten für Mutter und Tochter eine höchst liebenswürdige Gesellschaft. Helene hatte noch nie so behaglich und bequem gelebt, sie brauchte fast gar nicht auf Mama aufzupassen, die Antwerpner Atmosphäre war aller Exzentrizität so wenig günstig, daß die Hofräthin von Tag zu Tag mehr eine natürliche gute Frau wurde. Das ernste Studium, welches sie, angeregt und angeeifert, mit redlichem Willen und immer besserem Erfolg fortsetzte, mochte denn auch dazu beitragen, sie einfacher zu machen, genug, Helene hatte mit Mama fast Nichts zu thun, konnte an sich denken und war demzufolge poetisch mit Hendrik.

Und Cesarine? Nun, wie schon gesagt, Helenens Meinung nach stand Cesarine wie eine Schildwache zwischen ihr und Hendrik, und sie vergaß „die große Person" nie

auch nur einen Augenblick. Hendrik dagegen vergaß sie
recht oft, wenn er bei Helenen war, fast immer. Oder
wollte er sie dann vergessen? Störte ihn unwillkürlich der
Gedanke an sie? Sehr möglich. Gewiß ist es, sie hätte,
selbst nur in der Vorstellung, nicht recht in die Stunden
voll Musik und Poesie hineingepaßt, welche durch das stille
Atelier zogen, während es draußen auf der Schelde kühl
und dämmernd wurde. Kam Hendrik von Helenen zu
Nien, so sah er in den ersten Augenblicken immer etwas
abwesend und betäubt aus. Dann sammelte er sich, erin=
nerte sich, daß er in Nien verliebt sei und sie heirathen
wolle, und wurde der alte, vlämische Hendrik. Es war
das auch gut, denn Nien litt bei ihrer Vollblütigkeit viel
von der großen Hitze, und war folglich oft sehr gereizt und
launenhaft. Wäre Hendrik auch verstimmt gewesen, sie
hätten sich noch öfter gezankt, als sie bereits thaten.

Wiedergesehen hatten die beiden Mädchen sich nur noch
ein Mal, und zwar auf dem Dampfschiff, welches zur Kir=
meß am St. Annentage nach Vlaemisch=Hoofd überfuhr.
Der schönen Ansicht von Antwerpen wegen war die Hof=
räthin gern hier, und an diesem Tage fuhr alle Welt
nach „Sint Anneken," wie eben nach der Kirmeß Vlaemsch=
Hoofd vom Volke genannt wird. Nien, die mit Edward
und Hendrik war, sah mit einiger Neugier, aber doch ohne
eigentliches Interesse auf Helene, welche zwischen ihrer
Mutter und der Florent's saß. Hendrik war in peinlicher
Verlegenheit, er kam nur einen Augenblick, um die Hof=
räthin zu begrüßen, und sich ziemlich ungeschickt darüber zu
entschuldigen, daß er bei der jungen Dame bleiben müsse,
welche ihre Tante ihm anvertraut habe. Florent fragte
scheinheilig: „Ach, die Tante ist's gewesen? Ich dachte,
Herr Van Loon, die junge Dame selbst habe Ihnen die
Ehre angethan, sich Ihnen anzuvertrauen." Da Florent
ausnahmsweise deutsch sprach, betonte er jedes Wort so
deutlich, daß Helene sich nicht stellen konnte, als hörte sie
nicht, was er sage. Sie lächelte also, und machte Florent
ein Zeichen, er möge Hendrik doch in Ruhe lassen.

Die Gelegenheit war jedoch zu verführerisch. Allerdings ließ Florent den armen Hendrik zu Rien zurückkehren, er konnte ihn nicht zurückhalten, aber er fragte mit einem bedeutsamen Blick nach Cesarinen hinüber: „Guter Geschmack?" Ruhig antwortete Helene: „Nicht der meine." Sie hatte Takt genug, um Cesarine nicht zu loben. Florent that, als wäre er verwundert, eigentlich war er getäuscht. Dieser kleinen Deutschen war nicht beizukommen. Sie sah sich Antwerpen so unbefangen an, als gäbe es gar keine Cesarine auf dem Dampfschiff oder überhaupt in der Welt. Unterdessen wurde Hendrik durch Edward mit Fragen nach dem hübschen Mädchen gequält. „Das ist doch einmal Eine, die einen vernünftigen Hut trägt und keine Tonne unter dem Rocke," sagte er. — „Das thu' ich auch, sowohl das Eine, wie das Andere," fiel Cesarine mit der ersten eifersüchtigen Regung ein, die sie gegen Helene gefühlt. „Ja, aber bei Euch fällt's einem nicht ein, darauf zu achten," antwortete Edward mit der Freimüthigkeit eines Vetters.

Am Abend nach der Heimkunft hatte Rik, der Rien allein nach Hause geleitete, indem Edward noch drüben geblieben war, einen harten Strauß zu bestehen. Er nahm Cesarinens Vorwürfe nicht nur geduldig, sondern sogar zärtlich und dankbar hin, denn er sah ja daraus, wie heftig Rien ihn liebte. Rien versicherte ihm zwar, sie könne ihn nicht ausstehen, aber Hendrik wußte besser, woran er war, und die Versöhnung kam endlich auf eine sehr rührende Weise zu Stande.

Was sonderbar war: Mutter hatte Helene ein Mal gesehen, als das junge Mädchen ihre Mutter bei einem Besuche in Hendrik's Poetenzimmer begleitet hatte. Am Abend hatte die alte Frau dem Sohn viele Fragen nach der jungen Deutschen gethan, und endlich mit den Worten geschlossen: „Wißt Ihr wohl, Rik lieb, was gut wäre? Wenn Ihr dieses junge Mädchen zur Frau bekommen könntet." — „Och Mutter, hatte Hendrik lächelnd geantwortet, „woran denkt Ihr doch? Die ist ja so viel über mir." Mutter hatte leise den Kopf geschüttelt und die Sache auf sich beruhen lassen, aber sonderbar war es doch, daß Mutter gleich solch' ein Herz zu dem fremden jungen Mädchen gefaßt hatte. „Sonderbar sicherlich," murmelte beim Nachhausegehen Hendrik, der sich — zufällig wieder dieses Umstandes erinnerte. „Doch nein, es geht Mutter wie mir — Helene ruft ihr Melanie zurück. Es ist nur ein Unterschied zwischen Beiden, ein kleiner unbedeutender — die Eine liebte mich, und der Andern bin ich völlig gleichgültig. Das ist auch recht gut, denn was sollte ich zwischen ihr und Rien anfangen? Ich habe genug an einem Mädchen. Was Helene nur heute gedacht haben wird? Herreyns wird ihr wohl Alles erklärt haben, und noch mehr, als da stattfindet. Einige Tage will ich doch nicht zu ihr gehen."

XV.

„Die Börse von Antwerpen," sagt in seiner „Geschichte der Architektur in Belgien" der gründliche und tüchtige Gelehrte Schayes, der viel zu früh starb, „die Börse von Antwerpen besteht in einem viereckigen Hofe, um welchen ein Portikus mit gedrückten Wölbungen läuft, der von achtunddreißig Säulen aus blauem Stein getragen wird. Diese Säulen von sehr geringem Durchmesser, deren Fuß achteckig und deren Schaft mit erhabener Arbeit geziert ist, tragen achtunddreißig dreibogige Arkaden. Ueber dem Portikus erhebt sich ein sehr einfaches Stockwerk, welches im vorigen Jahrhundert mit einer Reihe viereckiger Fenster versehen wurde, und inwendig eine Gallerie und daranstoßende Läben enthielt, die ihr Licht von oben empfingen. Man gelangt in diesen Hof durch vier Eingänge, die sich in der Mitte der vier Seiten befinden, und aus zwei Bogen gleich denen des Portikus bestehen. Außerhalb des Gebäudes erheben sich an den entgegengesetzten Enden zwei Thürme, einer rund, der andere achteckig."

Das war jedoch die Börse von Antwerpen nur, so lange noch der blaue, oder in Belgien recht oft graue Himmel ihr Dach war. Als sie erst ihre prächtige Ueberwölbung von Eisenwerk und Glas hatte, als die Fenster des obern Stock=

werks mit dem Bogenstyl des Ganzen in Einklang gebracht worden waren, da hat es nicht bald ein so lichtes, so phantastisches und zugleich so harmonisches Gebäude gegeben, wie die dreihundertjährige Börse von Antwerpen.

Den ersten Januar 1854 versammelten die Handelsherren, welche drei Monate lang im Lokal der Cité zusammengekommen waren, sich zum ersten Male unter dem neuen durchsichtigen Dach. Der Architekt und Gießer Marcellis in Lüttich hatte das kühne und geniale Werk vollendet. Am zweiten August 1858 um Mitternacht stürzte die prachtvolle Kuppel ein, welche das Dach krönte. Die Börse brannte.

Wie das Feuer entstanden war, hat nicht ausgemittelt werden können. Genug, daß es sich durch die Gasröhren mit furchtbarer Schnelligkeit verbreitete.

Als man entdeckte, daß die Feuersbrunst ihre Rauchfahne über dem gezeichneten Gebäude aushänge, da zuckte in elektrischen Schlägen der Schrecken durch die Stadt. Sie schlief noch nicht, selbst in kalten unfreundlichen Winternächten gehen die belgischen Städte nie vor Mitternacht ganz zur Ruhe, um wie viel weniger denn in einer solchen heißen Sommernacht, wie die vom zweiten zum dritten August. Aufgestört von den Plätzen, wo es saß und trank, stürzte Antwerpen herbei, um seine Börse zu retten. Aber so schnell es war, das Feuer war noch schneller.

Es gab nur vier Zugänge: in diesen vier engen Straßen mußte der Beistand sich zusammendrängen. Kaum daß er Platz hatte, sich zu bewegen, geschweige denn erfolgreich zu wirken. Und die Börse lag mitten in die Stadt hineingesenkt, also überall Dächer, welche geschützt werden mußten, damit sie nicht auch vom glühenden Fieber des Brandes ergriffen würden.

Wie es überall Freiwillige gibt, welche die Gefahr nicht blos nicht fliehen, sondern ihr entgegeneilen, so war es auch hier. Lange bevor die Spritzen, die Polizei, die Behörden auf dem Platze waren, selbst sein konnten, hatten einzelne muthige Bürger die Thüren eingeschlagen, und retteten was sie vermochten von den wichtigen Papieren, welche

in der Börse aufbewahrt wurden. Hendrik war nicht unter
diesen Ersten, er war, als die Nachricht ihn getroffen, zu
weit entfernt gewesen, aber er kam noch vor Mitternacht.
Eine einzige Spritze war da, Hendrik warf einen raschen
Blick der Verwunderung und des Entsetzens auf das Dach,
welches in glühender Wildheit in die Nacht hinausflammte,
und dann drängte er sich in die Kette und fing an, zu ar=
beiten.

Plötzlich ging ein leises Zittern — war's durch die
Luft, war's durch den Boden — Jeder fühlte es. Ein
Augenblick der Athemlosigkeit unterbrach die kräftige Arbeit
des Löschens. Dann klirrte es, das brechende Glas stürzte
herab, ein Krachen, ein donnerndes Getöse, und die herrliche
Kuppel brach zusammen.

„An's Werk!", rief Hendrik, der sich zuerst wieder gefaßt
hatte.

„An's Werk!" rief ein Zimmermann, der mit einigen
Andern eine Leiter herbeischleppte.

„Was wollt Ihr?" fragte Hendrik, während er Eimer
auf Eimer nahm und weiterreichte.

„Auf's Dach steigen," antwortete der kühne Handwerker,
dessen Name Kerckx war. In der That klimmte er mit
einem Beil bewaffnet hinan ein Glasergeselle folgte ihm
mit einem schweren Hammer, beide Männer begannen das
Dach einzuschlagen, um das Feuer abzuschneiden.

Aber es trotzte ihnen, es zuckte näher und näher, leckte
gieriger und gieriger nach einem Opfer — „kommt herab!
Ihr verbrennt!" schrie Hendrik gellend auf, und der Knäuel
der Rettenden wiederholte den Angstruf.

Die Männer fühlten das sichere Verderben unter sich,
das Glas glühte, das Eisen gab nach, sie entsagten dem
ohnedies nutzlosen Versuch und kamen herab, doch kaum
wieder auf der Erde angelangt, fragte Kerckx bringend:
„Können wir denn Nichts Anderes thun?"

„Vielleicht versuchen, Papiere zu retten," erwiederte Hen=
drik. „Aus der Syndikalen Kammer —"

Inmitten des Getöses der Flammen und des Lärms

der Löschversuche konnten nur kurze Reden gewechselt werden, zu langen reichte die Kraft der Stimmen nicht aus.

Kerckx eilte bereits der Seitentreppe zu, welche nach der Syndikalen Kammer führte. Henbrik brach durch das Gedränge und folgte ihm. Mehrere Männer noch stürzten Henbrik nach.

Die Thüre der Kammer war verschlossen. Kerckx schlug mit seinem Beile dagegen. Sie gab nach, doch erst nach mehreren Minuten. Während die Rettenden sich eines Schrankes bemächtigten, welcher Papiere enthielt, ihn bis an die Treppe schleppten und dort hinunter stürzten, folgten ihnen die Flammen, welche sie bereits im Zimmer gefunden hatten. Als Kerckx und Henbrik sich umwandten, um zurückzustürzen und auch die Rettung eines zweiten Schrankes zu versuchen, der weiter drinnen im Zimmer stand, schlug der Brand ihnen schon durch die Thüre entgegen. Sie mußten zurück und hinunter, nicht ohne versengte Stellen an ihren Kleidern.

Was da fehlte, war das Wasser. Die Trockenheit in Belgien war gerade damals auf ihren Höhepunkt gestiegen. Allmälig jedoch konnten die Spritzen besser arbeiten. Alle nahe liegenden Häuser thaten sich auf, um ihre Brunnen und Plumpen zur Verfügung der Schöpfenden zu stellen. Ein Brauer, Grambeeren, kam mit zwölf Tonnen Gerstenbier angefahren, die er zum Löschen hingab.

Die Börse selbst zu retten, dazu war keine Hoffnung mehr, sämmtliche Anstrengungen des endlich geregelten Löschdienstes mußten einzig darauf gerichtet werden, das Feuer in dem aufgegebenen Gebäude einzuschließen.

Etwas vor zwei Uhr stand Henbrik einen Augenblick am Eingang des Telegraphenbureaus, dessen Archive zu retten ihm gemeinschaftlich mit Kerckx und einigen Beamten des Bureaus gelungen war. Die Krone des Uhrthurms stand in vollen Flammen. Dabei ging die Uhr noch und schlug Viertelstunde auf Viertelstunde; es war, als wollte sie den Todeskampf der Börse messen. Sie konnte es nicht bis zum Ende, bald nach Zwei ließ der Thurm seine Feuer=

Krone mit donnernder Gewalt in die Zwölfmondenstraße fallen, aber sie hatte bis zum letzten Augenblick ihre Pflicht erfüllt, die arme Uhr der schönen, gewesenen Börse.

Es war Hendrik, als habe der Herzschlag des unglück= lichen Gebäudes aufgehört. Was jetzt noch brannte, waren nur noch Reste. Ein uneigennütziger Schmerz ergriff den jungen Mann. Er streifte sich hastig eine Thräne von der Wimper. „Es ist Schade — sie war so schön", mur= melte er.

Dann sammelte er von Neuem seine Kraft und wandte sie an das, was noch zu thun blieb. Bis um vier Uhr arbeitete er noch, da jedoch fühlte er sich gänzlich erschöpft.

„Ich kann nicht mehr", sagte er zu Edward, der später ge= kommen und daher noch frischer war, „die Beine schwanken mir unter dem Leibe, und ich sehe die Flammen nur noch wie durch einen Nebel."

Edward fand eben nur Zeit zu der kurzen und vernünf= tigen Antwort: „Geht nach Haus und zu Bett."

Hendrik entfernte sich zögernd und widerwillig. Er hatte sich selbst noch nicht genug gethan. Doch wie er ge= sagt, es war ihm körperlich unmöglich, noch länger zu ar= beiten. Während er sich die Börsenstraße hinab durch das Getümmel drängte, murmelte er: „Wie wird s i e nur diese schreckliche Nacht zugebracht haben?"

„Sie" war nicht Cesarine.

„Herr Van Loon!" rief eine Frauenstimme auf deutsch.

Hendrik schrak zusammen, seine Nerven waren zu ge= spannt, um eine Ueberraschung nicht unangenehm zu em= pfinden. „Sie hier?" sagte er, indem er sich neben der Hofräthin an die Mauer des Hauses lehnte, gegen welches sie sich gedrückt hielt. Es war an der Ecke der Börsen= straße und der langen Neuen Straße.

„Ich mußte her, ich hielt es bei der allgemeinen Auf= regung zu Hause nicht aus," antwortete die Hofräthin. „Und ich freue mich, daß ich dieses Schauspiel gehabt habe. Wie furchtbar und wie herrlich! Dergleichen sieht man nur ein Mal."

Die Künstlerin sprach, aber dem Antwerpner klangen ihre Worte verletzend, und er antwortete mit Ironie: „Ja, die Börse von Antwerpen brennt nicht alle Tage."

Er hörte weinen; es war Helene, die sich hinter der Mutter verbarg.

„Ach!" sprach er, indem er sich ihr lebhaft näherte und unwillkürlich ihre Hand ergriff, „Sie fühlen, was wir verlieren!"

Henbrik hatte Helene noch nie weinen sehen. Das Mädchen war zu stark, um dieses Ausdrucks ihrer Gefühle häufig zu bedürfen. Aber die gewaltsame Zerstörung dieser großen architektonischen Schönheit hatte sie bis in die Seele hinein erschüttert, und als sie Henbrik sah, wie er, bleich und erschöpft, aus der Anstrengung und der Gefahr kam, da brachen die Thränen hervor.

Henbrik hielt noch immer ihre Hand, und blickte sie mit einer Empfindung an, welche aus Mitleid und Anbetung gemischt war. Blaß, wortlos, weinend, kam sie ihm mitten, in dem wilden Tumult umher wie ein Engel vor, aber wie ein leidender.

„Sie hätten nicht hierher kommen sollen", sprach er mit zärtlichem Vorwurf.

„Mama wollte —" schluchzte sie.

„Das heißt, Mama wollte allein her, und das wollte Töchterchen nicht", fiel die Hofräthin ein. Ihr Gewissen war unruhig, sie fürchtete, über die Künstlerin ein wenig zu sehr die Mutter vergessen zu haben.

„Lassen Sie mich wenigstens jetzt Sie nach Hause führen", fuhr Henbrik fort. Dann sich zur Hofräthin wendend, setzte er hinzu: „es gibt jetzt nichts mehr zu suchen, das Werk der Zerstörung wird nun einförmig fortgehen." Er zog Helenens Arm durch den seinigen. Sie widerstrebte ihm und flüsterte schüchtern: „Aber Sie müssen schrecklich müde sein."

„Nicht so, daß ich Ihnen nicht noch als Stütze bienen könnte", antwortete er lächelnd. Zum ersten Male hatte er das Gefühl, als könne er sie, die ihm bisher immer so überlegen gewesen war, schützen und leiten, und dieses Empfinden machte den beweglichen und leichten Jüngling, welcher durch die Begebenheiten dieser Nacht bereits in den Ernst hineingedrängt worden war, auf kurze Zeit zum Manne. Er hatte mit Helenen am Arm den Platz noch nicht verlassen, als abermals der Boden erbebte, und mit neuem klirrenden Gekrache das übrige Dach zusammenbrach und in seinem Sturz die Eisensäulen zerknickte, welche es bisher mit so viel Kraft und so viel Leichtigkeit zugleich getragen hatten. Diese neue Erschütterung war zu viel für Helene. Sie schwankte, und ohne Hendrik würde sie in die Kniee gesunken sein. Er faßte hastig mit der linken Hand die ihre, und indem er so den rechten Arm frei bekam, legte er ihn um ihren schlanken Wuchs und hielt sie so lange aufrecht, bis er ihre Stärke zurückkehren fühlte. Dann gab er ihr augenblicklich nach, als sie eine leise Bewegung machte, um sich aus seinem Arm loszuwinden. Als die Hofräthin sich von dem Brande, dem sie sich bei dem Einstürzen des Daches hastig zugekehrt hatte, wieder ab und zu dem jungen Paare zurückwandte, da stand es, auf sie wartend, wie es vorhin gestanden hatte, Helene an Hendrik's Arm, die Augen gesenkt, nur noch leise zitternd. Auch Hendrik hielt jetzt seine Augen auf den Boden gerichtet, und so, ohne Blick und ohne Wort, führte er, vor der Mutter herschreitend, das junge Mädchen bis an die Thüre ihrer Wohnung. Dort fragte er fast schüchtern, ob er an diesem Tage noch kommen und nachfragen dürfe — er war seit dem Annentage nicht mehr bei den Herrmanns gewesen. Die Hofräthin antwortete eifrig: „Gewiß, lieber Herr Van Loon — Sie werden uns dann Näheres mittheilen können, und müssen uns auch noch erzählen, was Sie gethan haben, denn Sie haben viel gethan, dessen bin ich sicher." — „Einiges, aber Nichts, was der Mühe werth ist", antwortete er und suchte Helenens Auge. Sie erhob es eben zu ihm, der Schatten eines Lächelns spielte um ihre blassen Lippen. — „Tag!" lispelte sie auf vlämisch, und verschwand in dem noch dunkeln Hause.

XVI.

Am nächsten Tage saß Henbrik in dem Stübchen, welches bei der Vertheilung des Redaktionslokales ihm zugefallen war. Es war klein, niedrig und weißgetüncht. Ein Balken, dessen Nähe für einen nur einigermaßen hochgetragenen Kopf bedenklich war, theilte der Länge nach die Decke. Ein Pult, ein hoher Schreibstuhl und ein Tisch mit einem klassischen Redaktionsdurcheinander ließen Hendrik noch Platz genug, um an die beiden Fenster zu gehen, durch die man, ungehindert von Vorhängen, zuerst auf ein Glasdach, unter welchem im Hofe die Setzer mit ihrer schwarzen Kunst beschäftigt waren, und darüber hinweg auf den Kalvarienberg sah.

Diese düstere Phantasie von Antwerpen würde minder schauerlich wirken, läge sie mit der Präbikantenkirche, an deren braune Strebepfeiler sie sich anbrängt, in einer Einöbe von Wald oder Felsen, oder selbst nur an einem öben, einsamen Platze der Stadt. Aber so mitten zwischen bewohnten Häusern, mitten im Betrieb des täglichen Lebens, wie z. B. unter den Fenstern der Redaction eines liberalen Journales, wirkt diese Erscheinung so unheimlich, daß man vor ihr am hellen Tage einen Gespensterschauer empfindet.

Man stelle sich einen künstlichen Berg vor, der, mit Schlacken bedeckt, einen dunklen Standpunkt für weiße Statuen abgibt. Es sind Heilige, Propheten und Märtyrer, welche ohne Rücksicht auf Chronologie hier versammelt worden sind. Daniel liegt in der Löwengrube, Magbalene kniet in der Reue der Sünderin, auch knieend, aber in königlicher Reinheit hält die heilige Helena das Kreuz umfaßt, David spielt die Harfe, womit er seine Psalmen begleitete, Moses hält die Tafeln, auf denen die Gebote geschrieben waren, Jeremias sieht aus, wie eines seiner Klagelieder. Ein Kiesweg, an dessen beiden Seiten keilförmige Steine liegen, führt zu der Grabgrotte. Auf den Steinen knieen oft weinende Männer und Frauen im Kreuzgebete, b. h. mit weit ausgebreiteten Armen, in der Grotte liegt Christus, während von den Wänden aus geschnitzten und gemalten Flammen die armen Seelen im Fegefeuer ängstlich hervorblicken, als bäten sie um Messen zu ihrer Erlösung. Ueber dem vergitterten Eingang zur Grotte liegt ein Drache — stürzt er einmal, kommt eine neue Sündflut. Für einen Menschen mit lebhafter Einbildungskraft wäre es vielleicht nervös aufregend gewesen, immer auf die weißen Gestalten des dunklen Berges herabsehen zu müssen, während eine Trauerweide ihr langes Gezweig im Winde wiegte, und die hohe, düstere Kirche zur Rechten die heitern Engel in ihrem Innern nicht ahnen ließ. Doch in Hendrik's Natur fand das Phantastische keinen Anklang, die Einbildungskraft war seine schwächste Eigenschaft. Erfand er, so waren es nur Geschichten, um Lücken in der Constitution auszufüllen. Hatte gerade das Ministerium einen Beschluß gefaßt, den man hätte loben müssen, wenn man davon gesprochen hätte, von dem man folglich nicht sprechen durfte, hatte sich kein Wallone gegen die vlämische Sache vergangen, hatte Napoleon in Paris Nichts gethan und Danilo in Montenegro auch nicht, war kein Jüngelchen durch ein Kellergitter getreten, keine Frau geprügelt worden, gab es mit einem Worte keine Anklage gegen irgend Jemand oder Etwas zu erheben, so ließ Hendrik an dem oder jenem Orte — nur durfte es kein zu naheliegender sein, sonst kamen Reklamationen — so und so viel Personen ertrinken oder verbrennen, vergiftet oder todtgeschlagen werden. Kam es hoch, so ließ er einen unglücklichen Ehemann und einen glücklichen Liebhaber mit einander kämpfen, während die schuldige schöne Frau in Thränen gebadet und mit gerungenen Händen auf den Knieen lag. Das war Hendriks Manier, seine Erfindungsgabe zu bethätigen.

Das gespenstische Bild des Kalvarienberges hatte also für ihn keine Gefahr, er sah nur zum Fenster hinaus, wenn die Engländerinnen kamen, welche natürlich nicht durch Antwerpen kommen können, ohne die größte Kuriosität der Stadt zu besuchen. Diesen Vormittag indessen war er noch nicht ein Mal an das Fenster gesprungen, obgleich gewiß über ein Dutzend grauer und brauner Rundhüte mit möglichst prächtigen Hahnfederbüschen sich unten gezeigt hatten. Es wären sicherlich noch mehr erschienen, hätten nicht die noch immer glühenden und dampfenden Schutthaufen der Börse heute dem Kalvarienberg einigen Abbruch gethan. Auch Hendrik dachte an die Börse, und war melancholisch. Es ging ihm tief zu Herzen, daß dieses zweitschönste Gebäude von Antwerpen vernichtet sein sollte. Wegen des schönsten, der herrlichen Kathedrale, hatte Jef gleich ein Artikelchen gemacht. Fast alle Besucher, sagte er, rauchten, wenn sie den Thurm Unserer lieben Frauenkirche bestiegen. Das war höchst gefährlich, und Jef verlangte ein Verbot von Seiten der Obrigkeit. Darin hatte er Recht. Jef verstand sich überhaupt auf viele Dinge, und hätte ganz nützlich für die Stadt sein können, hätte er sich nur nicht darauf gesetzt, ein unabhängiger Volksdichter sein zu wollen.

Hendrik korrigirte Jef's Artikelchen. Vorher hatte er das Programm der „Gemeindefeste" korrigirt, d. h. das der großen Kirmeß, welche in Antwerpen immer am Sonntag nach dem 15. August, der Himmelfahrt Mariä, gefeiert wird. Sie fiel daher dieses Mal auf den 23., 24. und 25. August, denn drei Tage dauert sie. Das Programm versprach viel. Erstens sollte am 8. die Kunstausstellung eröffnet werden, dann während der drei Festtage das Museum von zehn Uhr früh bis sechs Uhr Abends offen stehen, und endlich die Handelskammer, deren Fresken durch „die Herren Guffens und Swerts eben vollendet worden waren," dem Publikum gleichfalls zugänglich sein, und zwar von neun Uhr Morgens bis um fünf Uhr Nachmittags.

Diese letzte Vergünstigung fiel nun fort, denn die Fres= ken lagen in Asche. Aber was da blieb, war genug. Am Sonntag früh fand ein Preiskampf von Singgesellschaften, ein Preisschießen von den verschiedenen Gilden der Bogen= schützen und eine Preisausstellung von Blumen Statt. Alles echt belgische Festlichkeiten. Die Blumen werden nirgends wissenschaftlicher gezogen als in diesem Lande, wo die Natur keine freiwillig gewährt. Singgesellschaften gibt es jetzt fast in jeder Gemeinde, und in großer Zahl kommen sie zu den Wettkämpfen angezogen, die bald hier, bald dort ausgeschrieben werden. Die Preise bestehen in Geld und in goldenen oder silbernen Medaillen; das Geld wird zum allgemeinen Besten verwandt, die Medaillen kommen an die Fahne. Man kann die Triumphe einer Gesellschaft nach den Medaillen zählen, welche an ihrer Fahne hängen, die meistens von Sammt und reich mit Gold oder Silber gestickt sind. Die Gilden der Bogenschützen endlich sind noch von den alten ehrwürdigen Einrichtungen des früheren Bürgerlebens übrig geblieben. Eine jede steht unter dem Schutz eines Heiligen, die meisten unter dem Sankt Sebastian's oder Sankt Georg's; eine jede besitzt ihre Statuten und ihre Geschichte, eine jede auch hat ihr Estaminet und ihren Garten, wo die Mitglieder an den Sommerabenden mit den verschiedenartigen Bogen nach der Scheibe oder der Stange schießen. Es ist das ein gesundes und friedfertiges Vergnügen, aber es gehören die Arme und die Brustsehnen belgischer Bürger dazu.

Wenn die Preisausstellung eröffnet sein würde und das Preissingen und das Preisschießen Statt gehabt hätten, sollte um elf Uhr aus der Hauptkirche die Prozession Unserer lieben Frau ausziehen, von der Florent behauptete, es gäbe ihres Gleichen nicht in der Welt. Für den Abend gab es um sieben Uhr ein Gartenfest in der Harmonie, um neun Uhr in den Variétés das erste Nachtfest, welches die Gesellschaft der „Schelbegalm," d. h. der Schelbeklang veranstaltete, und um zehn Uhr im großen Saal der Cité ebenfalls ein Nachtfest des „Echo de l'Escaut,' des Schelbeecho's. Dieses Fest war für die Singgesellschaften, das in der Harmonie für die ausstellenden Künstler, das in den Variétés endlich für das Publikum.

Die Festlichkeiten am Montag bestanden in der Vertheilung der Preise an die Singgesellschaften, in einem „Festival" von Harmonie- und Fanfarengesellschaften, die ebenso

nifirt sind, wie die Singgesellschaften, und in einem vlämischen
dramatischen Kampfstreit. Die Vlamingen haben bis jetzt
außer dem Nationaltheater in Antwerpen und der Truppe
von Rats, welche zu Brüssel im Parktheater spielt, nur noch
Liebhabergesellschaften, welche so gut wie die musikalischen
sich bei feierlichen Gelegenheiten zu Wettkämpfen vereinen.
Außerdem sollten noch um vier Uhr „Wasserspiele" im
großen Dock, und um fünf Uhr auf verschiedenen Plätzen
Volksvergnügungen stattfinden. Der Ball in den Variétés
wurde von der Gesellschaft „de Dageraed," die Aurora, gegeben,
den verschiedenen Truppen bot die Gesellschaft „Freie Kunst"
in ihrem Lokal ein glanzreiches Nachtfest an. Die Fan=
farengesellschaften wurden von der Gesellschaft „St. Cäcilia"
in den großen Saal der Cité eingeladen, und sollten am
Dienstag Morgen auf dem Grünplatz ihre „Dankpfennige"
empfangen. Um zwei Uhr zog dann der große Ommegang
oder Umgang durch die Stadt, Abends um acht war großer
Zapfenstreich bei Fackellicht, um neun Uhr wurde ein präch=
tiges Feuerwerk, auf Antwerpensch „Feuervogel," auf der
Kastelesplanade abgebrannt, um zehn Uhr endlich begann
in den Variétés das zweite Nachtfest des „Scheldegalm."

Man sieht, es stand für die Antwerpner Vergnügen
die Fülle in Aussicht, und in seiner gewöhnlichen Stim=
mung würde Hendrik es schon im Voraus genossen haben.
Heute jedoch hatte er nicht die mindeste Fähigkeit dazu.
Theils war er körperlich noch ermüdet, theils im Gemüth
unruhig und zerstreut. Unaufhörlich schwebte Helene ihm
vor, und das Eigenthümliche war, daß er sie mit dem furcht=
baren Brande zugleich vor sich sah. So mochte die weiße
Taube, in welcher Gestalt das Mittelalter sich die empor=
fliegende Seele eines unschuldigen Opfers dachte, über dem
Scheiterhaufen und der Asche des sterblichen Theiles in die
Höhe gestiegen sein. Hendrik empfand ein fast quälendes
Bedürfniß, den Eindruck, welchen Helene in der vergan=
genen Nacht auf ihn gemacht, in ein Lied zu fassen, und
doch vermochte er es nicht. Nachdem er zehnmal in allen
Winkeln seines Gehirns nach Worten und hauptsächlich nach

Reimen gesucht, denn Worte boten sich ihm allenfalls dar, aber
sie wollten sich in keine Strophen fügen, nachdem Hendrik
wieder und wieder gesucht und immer ohne Erfolg, sagte
er endlich trübselig lächelnd: „Ich glaub', ich bin's nicht
werth, von ihr zu dichten. Wie sie für mich selbst zu gut
wäre, ist sie auch für meine Verse zu gut. Wir wollen's
also sein lassen und wieder an's Korrigiren gehen."

Er hatte sich in der That mit Eifer und Eile wieder
an die Korrektur gemacht, auf welche unten bereits gewartet
wurde, als es bescheiden an die Thüre klopfte. Auf Hen=
drik's „kommt herein!" that sie sich langsam, man hätte
sagen mögen, höflich zögernd auf, und gebückt, wozu die
sehr geringe Höhe der Thür ihn nöthigte, trat ein großer
Jüngling mit blühendem Gesicht und blondem Krauskopf
in das Zimmerchen. Er trug einen blauen Kittel, in dessen
Brusttasche eine kurze kleine Thonpfeife steckte, keine Hand=
schuhe und in der rechten Hand einen länglichen, am obern
Ende gebogenen Stock und eine Mütze.

Als er d'rinnen war, richtete er sich auf, was er thun
konnte, ohne geradezu an die Decke zu stoßen. Aber das
bescheidene, zögernde Wesen, womit er eingetreten war, blieb
dasselbe, und er begrüßte Hendrik mit so viel Ehrerbietung,
als wäre der zweite Redakteur der Konstitution für ihn
eine große Autorität.

Hendrik, der sich bisweilen wohl eine Protektormiene
erlaubte, die ihm höchst drollig stand, begrüßte den Jüngling
herablassend als „Meinherr Verstraaten."

Meinherr Verstraaten setzte sich auf Hendrik's Einladung
so gut es gehen wollte auf den einzigen Stuhl, welcher in
der Redaktion vorhanden, und, im Vertrauen gesagt, nicht
ganz sicher auf seinen Beinen war. Als er saß, schlug
Meinherr Verstraaten die Augen nieder und spielte mit
seinem Stock.

Hendrik fühlte die Verpflichtung, den schüchternen Be=
sucher zu ermuthigen, nur wollte er zuerst seine Korrektur
beendigen. Als das geschehen war und der kleine Lauf=
bursche sie empfangen hatte, um sie unter das Glasdach in

die Druckerei zu bringen, kam Hendrik von seinem hohen Stuhl herab, lehnte sich dem blonden Jüngling gegenüber an das Pult und fragte: „Wohl, Meinherr Verstraaten, und wie geht es?"

„Dank Euch," antwortete Meinherr Verstraaten sehr höflich, „es geht mir wohl."

„Vater, Mutter auch gesund?" fuhr der junge Protektor fort. Zugleich griff er nach einem Päckchen Cigarren und fragte gastfreundlich: „Eine Cigarre — ja?"

„Och, Ihr seid zu gut," versetzte der junge Gast, nahm jedoch die Cigarre an.

Als Beide erst rauchten, wurden sie vertraulicher. Zuerst sprachen sie natürlich von dem schrecklichen Ereigniß der Nacht, dann brachte der blonde Jüngling ein Gedicht zum Vorschein, welches er Hendrik für die Konstitution versprochen hatte; denn trotz seines blauen Kittels, seiner weißen Thonpfeife und seines ländlichen Rockes war Meinherr Verstraaten so gut ein vlämischer Dichter, wie Meinherr Van Loon, zweiter Redakteur der Konstitution. Hendrik las das Gedicht, lobte es aufrichtig, fragte jedoch bei der ober jener Stelle: ob das nicht so und so besser sein dürfte? Hendrik verstand sich doch schon mehr auf das Handwerkliche der Sprache, wenn auch vielleicht sein junger Besucher ihn an Idealität übertraf. Die Aenderungen waren zweckmäßig, der junge Verfasser des Gedichtes schrieb sie sogleich hinein, das kleine Geschäft war abgemacht, und der blonde Jüngling erhob sich, um zu gehen, als Hendrik ihn fragte: „ob man ihn denn niemals bei einem Antwerpner Fest zu sehen bekommen würde?"

Verstraaten schlug wieder sehr verlegen die Augen zu Boden und antwortete hoch erröthend: „Ich bin noch nie auf einem Fest in der Stadt gewesen."

„Darum müßt Ihr eben einmal kommen; Ihr könnt doch nicht immer so blos auf dem Dorfe leben, besonders nun Ihr Euch auf die Literatur legt," sprach Hendrik in überredendem Ton. „Wißt Ihr was, kommt zur Kirmeß herein, dann gehen wir miteinander in die Variétés."

„Sie sagen, es soll wunderschön da sein?" sprach Ver=
straaten fragend, indem er Hendrik anzublicken wagte.
„Kommt, dann könnt Ihr urtheilen," versetzte Hendrik.
„Es ist nur —" sagte der Andere zögernd, „ich fürchte
mich so etwas vor dem Tanzen. Wenn ich erst einmal an=
fange, kann ich nicht mehr aufhören."
„Desto besser," rief Hendrik, höchlichst belustigt durch
dieses naive Bekenntniß. „Da tanzen wir bis zum Mor=
gen, und wenn es Abend wird, fangen wir wieder an.
Was sagt Ihr? Habt Ihr Lust, zu kommen?
„Lust wohl —" versetzte der Andere lächelnd.
„Wohl, woran fehlt es da noch?" fragte Hendrik.
„Permissie werdet Ihr doch wohl kriegen?"
„Ach, darum ist es nicht —"
„Wohl, so entschließt Euch. Kommt Ihr?"
„Ich werde kommen."

Meinherr Verstraaten ging langsam und mit einem höchst
bescheidenen Ansehen durch die Straßen, welche zwischen
Hendrik's Redaktion und Florent's Bureau lagen. Wer
den jungen Kittelträger gesehen hätte, denn die blaue Blouse
heißt auf Blämisch Kittel, wer ihn gesehen hätte, der hätte
zu dem Glauben kommen müssen, der junge Mensch vom
Lande fühle sich eigentlich der hohen Ehre gar nicht werth,
durch die Straßen einer so großen Stadt wie Antwerpen
zu gehen.

Florent empfing „Meinherr Verstraaten" nicht minder
herablassend, als Hendrik es gethan hatte. Meinherr Ver=
straaten war bei Florent ebenso jugendlich ehrerbietig, wie
er bei Hendrik gewesen war, nur etwas weniger schüchtern
und verlegen, denn er kannte Florent länger, als Hendrik.
Florent war ebenfalls Redakteur einer Zeitschrift, Mein=
herr Verstraaten übergab ihm ebenfalls ein Gedicht, welches
er Florent versprochen hatte. Florent ließ, ganz wie
Hendrik, dem Gedicht seine huldvolle Billigung angedeihen,
schlug jedoch, auch ganz wie Hendrik, einige kleine Verän=
derungen und Verbesserungen vor, welche der junge Dichter
ebenso dankbar und bereitwillig annahm, wie in der Re=

daktion. Dann ging der junge Mann mit derselben be=
scheidenen Haltung auf's Neue durch die Straßen der großen
Stadt, ging auf die Eisenbahn und fuhr nach seinem
Dorfe zurück.

Denn er wohnte auf dem Dorfe. Auf einem Dorfe
in der Nähe von Lier. Lier ist ein hübsches Städtchen
von zwölf= oder fünfzehntausend Einwohnern, durch welches
man in die Kempen kommt, deren Grenzort es bildet.
Die Kempen sind große Heidestriche, welche theils in Bra=
bant, theils in Limburg liegen. Conscience und nach ihm
eine Schaar Wiederholer haben sie poetisch bekannt gemacht,
neuerdings hat man angefangen, sie urbar zu machen. Der
König selbst ist Grundeigenthümer dort.

Lier ist, wie schon gesagt, hübsch und freundlich, und
dabei alt und merkwürdig. Seine Entstehung schreibt man
den Ansieblungen frommer Leute bei der Kapelle des hei=
ligen Gommar zu. Nie hat ein Heiliger seiner Stadt erb=
licher und eigenthümlicher angehört, als St. Gommar Lier.
Er ist in der Umgegend von Lier geboren, er hat auf sei=
nem väterlichen Landgute die Prüfung ausgehalten, welche
die Ehe mit einer schönen und unzähmbaren Frau ihm auf=
erlegte. Wo er jetzt in der von ihm gebauten Kapelle
begraben liegt, da wohnte er, als ihm gegen und für seine
Frau nur noch das Gebet übrig blieb, in einer kleinen
Klause auf einem Inselchen in der Nethe. Und jetzt ist
er der Patron von Lier, hat neben der alten Kapelle eine
prächtige Kollegialkirche, und giebt einer Menge Knaben,
unter denen sich auch „Meinherr Verstraaten" befand, den
Namen Gommar, vlämisch Gommarüs, abgekürzt Marüs.

Wenn Lier in Bezug auf Legende und Geschichte merk=
würdig ist, wenn es außer von den Wundern St. Gom=
mar's auch noch von der „Furie" erzählen kann, mit welcher
es am 14. Oktober 1595 durch Karl von Heraugière, einem
wallonischen Edelmann im Dienste der Generalstaaten, über=
fallen wurde, wenn es mit einem Wort ganz altstädtisch
an dem Zusammenfluß der beiden Nethen thront, so ist
seine ländliche Umgegend nicht minder überlieferungsreich.

Nicht nur, daß Dreikönigentag, St. Martin, St. Thomas, Unschuldige Kindleintag, Greef von Halbfasten ganz auf Antwerpner Weise gefeiert werden, eine Menge anderer Tage werden durch eigene Gebräuche bezeichnet, von denen viele aus dem Glauben an das Geheimnißvolle entsprungen sind.

Die geweihten Kerzen z. B., welche an Lichtmeß beim Küster gekauft werden, müssen brennen, wenn Unwetter oder großer Sturm ist, wenn eine Frau niederkommen oder eine Kuh kalben soll. Dem Sterbenden werden sie in die Hand gegeben, damit sie ihm auf dem dunklen Weg in das ewige Leben leuchten, und einige Tropfen Wachs von ihnen läßt man nicht nur auf das Vieh, auf die Fenster und Thüren, Karren und Wagen fallen, sondern selbst in die Hüte und Mützen der Männer und Knaben.

Die am Palmsonntag geweihten Buchsbaumzweige müssen Felder und Ställe hüten, das an Johanni abgeschnittene Johanniskraut, in einem Strauß auf dem Boden aufgehangen, gereicht dem ganzen Hause zum Segen. Schneidet man es an diesem Tage nicht ab, vertrocknet es.

Ostern kommt, wie überall, mit Eiern. Der „Glockenläuter" sammelt in der Woche vorher Eier für den Küster, die Chorknaben wollen auch einen großen Korb damit gefüllt und außerdem noch etwas Geld haben, die Dorfschule geht ebenfalls „Eier singen," und prügelt sich dabei mit einer andern Dorfschule, mit welcher sie durch Zufall auf einem Feldwege zusammenstößt. Am Sonnabend Morgen bringen die Glocken für die Kinder bunte Eier aus Rom, und mit dem Glockenschlag zwölf in der Nacht machen die Dienstboten Thür und Fenster weit auf, schlagen mit dem Besen hinein und rufen: „Ostern herein und Fasten hinaus!" Wer das zuerst thut, hat am nächsten Morgen Anrecht auf zwei oder vier Eier mehr, als die übrigen Dienstboten.

Aber auch seinen Aberglauben hat Ostern. In der Osterkerze, welche dazu dient, die andern Lichter in der Kirche wieder anzuzünden, stecken kreuzförmig Nägel aus Wachs und Weihrauch gemacht, und „Osternägel" genannt.

Hendril.

Diese werden sehr gesucht, und theils in das Wasser ge=
than, womit vor dem Säen der Weizen gewaschen wird,
damit keine schwarzen Körner darunter kommen mögen, theils
bei Viehseuchen unter das Futter gemengt, endlich zum
Schutz gegen böse Hunde unter die Schwellen der Viehställe
gelegt. Um die bösen Hunde abzuwehren, macht man auch
oft weiße Kreuze an die Stallthüren. Ein Kreuz vor der
Thür eines Hauses, möge es nun blos aus Strohseilen ge=
legt oder ein wirkliches Kruzifix sein, zeigt an, daß in dem
Hause eine Leiche liegt. Das Bettstroh, auf welchem der
Todte gestorben, wird an einem Wege verbrannt, das, auf
welchem die Leiche gelegen, in Büschel gebunden kreuzweis
auf Kreuzwege und unter Bäume gelegt, an denen Mutter=
gottesbilder hängen. Der Wagen, auf welchem man die
Leiche zur Kirche führt, darf nie auf demselben Weg zurück=
kehren, den er hinwärts gefahren ist, sonst giebt es in der
Nachbarschaft bald einen neuen Todesfall. Einige Wochen
später findet ein feierlicher Gottesdienst Statt, dem ein
Mahl in der Herberge folgt. Oft nehmen über hundert
Eingeladene an einem solchen „Ausfahrtsdienste" Theil.
Das Mahl besteht aus Weizenbrod und holländischem Käse,
das Getränk liefern einige Tonnen „Seef," so heißt das ple=
bejische Bier in dieser Gegend sowohl, wie in Antwerpen.
Bei einer Taufe findet auch eine Bewirthung Statt; die
Nachbarfrauen kommen „Zuipen" essen, eine Suppe aus Bier,
Eiern, Weißbrod und Zucker. Weiter giebt es die „Krib=
bekenfeste," welche nach einem Schweineschlachten die Bluts=
verwandten und genauen Freunde eines Pachthofes ver=
einigen, dann die „Foi," das Mahl von Schinken, Fleisch und
viel Getränk, welches die Schmiede ihren Kunden vorsetzen,
wenn dieselben sie am ersten December, an St. Eloi, be=
zahlen kommen, endlich das Kartoffelfest, welches die Ernte
dieser Frucht beschließt. Das macht viel Lärm, denn sobald
die letzte Kartoffelpflanze ausgestochen ist, nehmen sämmt=
liche „Ausstecher" und „Aufleser" ihre Holzschuhe und schla=
gen sie so lange gegeneinander, bis einige Gewehrschüsse
gelöst worden sind. Am Abend giebt es Stockfisch mit Erd=

äpfeln, süße Milch mit eingebrocktem Weizenbrob, Reisbrei, viel Bier und einige ziemlich gewagte Spiele.

Ein Gebrauch, der auch keck genug ist, erlaubt am Fasten=abend dem Bauernknecht, der das Glück hat, ein Mädchen sein zu nennen, eine lange Unterredung mit dem Gegen=stand seiner Liebe. Das heißt „sein Liebchen in's Salz legen." Zu Halbfasten wiederholte Unterredung, welche bedeutet: „sein Liebchen im Salz umwenden." Zu Ostern endlich wird eine dritte Zusammenkunft mit den Worten bezeichnet: „sein Liebchen aus dem Salz holen."

Am festlichsten wird der Mai empfangen und begangen. Noch immer wird, sei's auf einem Platz im Dorf, sei's auf einem Kreuzweg, vor dem Muttergottesbilde die mit Fähnchen, Kränzen und Rauschgold verzierte Tanne gepflanzt, welche der „Maibaum" heißt. Die Bursche und jungen Mädchen jauchzen und tanzen rund um sie her, Gewehrschüsse knallen, dann wird es still im Dorfe, die Serenaden, welche in den Dörfern, die sich einer „Harmonie" erfreuen, den Behörden und sonst ausgezeichneten Personen gebracht werden, sind verklungen, da schleicht der Liebhaber herbei und steckt sei=nen besondern Maibaum vor das Fenster des geliebten Mädchens, welches allem Vermuthen nach aus einem Lausch=winkel hervorspäht. Wo ein Mädchen wohnt, welches keinen Freier gut genug findet, folglich öfter als einmal schon die zartfühlende Eigenliebe des starken Geschlechtes verletzt hat, da paradirt am ersten Maimorgen im höchsten Baume ein „Bobbenvent," ein Lumpenkerl, b. h. ein grotesk ange=putzter Strohmann. Junge Männer, die ihrerseits sehr schwierig im Wählen sind, bekommen ein „Bobbenwyf," b. h. ein Lumpenweib vor das Fenster.

Aus diesem halb mystischen, halb burlesken Landleben nun glaubte man in Antwerpen Gommar oder Marüs zum Dichter aufgewachsen. Man nahm ihn mit einem Wort als einen jungen Bauern an, und konnte ihn auch für nichts Anderes nehmen. Wie er sich darstellte, habe ich geschil=bert, seine Reden stimmten mit seinem Auftreten überein. Er sprach von seiner Erziehung auf dem Dorfe, von seinen

Freunden auf dem Dorfe, von seinem Leben auf dem Dorfe. Wenn er seiner Eltern erwähnte, so geschah es als „guter, einfacher Leute," die seine literarischen Beschäftigungen mit Mißtrauen ansähen, weil es ihnen unmöglich sei, dieselben zu begreifen. Auch seine Schwestern wurden in seinen Erzählungen zu schlichten Landmädchen, denen er, der Bruder, etwas Französisch beizubringen versuche. Marüs schien es natürlich zu finden, wenn man ihn liebreich ermunterte, doch im Kittel zu kommen, er schien es anzuerkennen, daß er in den Kittel und nicht in den Rock gehöre. Seine Dichtungen endlich trugen alle denselben idyllisch-elegischen Stempel, und schilderten lauter ländliche Bilder. Marüs kniete in der „niedrigen Dorfkirche," wo „Meinherr Pastor" bei der Beichte und im Katechismus ihn und seine Spielgefährten mit Pfeffernüssen beschenkt hatte. Er besuchte den „einsamen Dorfkirchhof," wo jedes Grab anders verziert war, nämlich das eines Kindes mit drei Krönchen von buntem Papier, das eines Mädchens mit weißen Kronen und Fähnchen, das eines Jünglings mit drei Kreuzen von weißem Papier, das eines Greises mit ebenso vielen aus buntem. Marüs sah ein junges Mädchen, welches „seine Schwester nicht war, aber ihn Bruder nannte," auf den Schultern der Jünglinge zu Grabe getragen werden. Er hörte in der Mitte der Christnacht die Bienen singen und sah sie „wenig Tage darauf sterben, weil man vergessen, ihnen „das Verreisen ihres Meisters" anzuzeigen, bei dessen Leiche er, Marüs, am Abend gemeinschaftlich mit den Nachbarn den Rosenkranz „gelesen" hatte. Genug, er war in seinen Gedichten, die, nebenbei, ein großes keimendes Talent verriethen, so gut wie in seiner Person ganz und gar naivsentimentales Landkind, und wurde als solches in Antwerpen beschützt, bewundert und als Vorbild einer höchst verdienstlichen Selbstentwicklung hingestellt.

Nun war aber Niemand weniger ein junger Bauer, als Marüs, trotz seines Kittels, seiner Pfeife, seines Stocks und seiner idyllischen Elegien. Er war, um der gewöhnlichen Art nach zu reden, aus viel besserer Familie als Hendrik,

und ganz aus ebenso guter wie Florent, welche er beide
als ihm gesellschaftlich überlegen behandelte. Sein Vater,
früher Offizier, hatte jetzt eine große Tabakfabrik und han=
delte nebenbei mit Getreide. Die Mutter las die Romane
von Conscience und Sniebers und war nervös. Das wa=
ren die „guten, einfachen Leute" von Eltern, welche durchaus
nichts von den literarischen Bestrebungen ihres Sohnes ver=
standen. Die Schwestern waren keineswegs schlechter erzogen,
als die Töchter aus dem mittleren Bürgerstande, sondern
wußten genau ebenso viel und ebenso wenig, wie alle jun=
gen Mädchen ihrer Klasse. Das ganze Familienleben war
ein städtisch=ländliches, das will sagen das poesieloseste, das
es geben kann. Nur die alleraligemeinsten Gebräuche wur=
den beobachtet und auch nur mit einer gewissen Nachlässig=
keit. Viel Besuch kam in's Haus, den ganzen Nachmittag
saßen Nachbarinnen und Freundinnen mit Frau Verstraaten
schwatzen. Marüs ging im Umkreise mehrerer Meilen auf
die Dörfer, um Geschäfte zu machen, oder besuchte die Ge=
treidemärkte in der Nähe. Wenn man erst hinter diese
prosaische Wirklichkeit kam, so konnte man sich des Lächelns
über den naiven Instinkt nicht erwehren, mit welchem Marüs
das Rechte getroffen hatte, um sich gerade in der neuvlä=
mischen Literatur interessant zu machen. Ihr höchstes Ideal
ist noch immer das „blonde, blühende Mädchen vom Dorfe,"
Marüs hätte gar nichts Besseres wählen können, als den
„jungen Bauern." Dabei war durchaus keine Berechnung
im Spiel, nur der Takt der männlichen Koketterie.

Wie er nun einmal war, idyllisch auf dem Papier und
industriell in der Wirklichkeit, kam Marüs, getreu seinem
Versprechen, am Sonntag der Kirmeß nach Antwerpen. Die
Eltern sahen diesen ersten Ausflug in die Welt nicht gerade
gern, waren aber doch zu vernünftig, um den Sohn halten
und binden zu wollen. So brachte denn Marüs die nächsten
Tage und Nächte im vollsten Kirmeßtaumel zu. Auf die
Variétésbälle, auf diese berühmtesten und — buntesten Bälle
in dem ballreichen Antwerpen, ging er mit Henbrik und
Edward, welche beide Rien begleiteten. Rien, die unauf=

hörlich über ihre schlechte Gesundheit wehklagte, würde doch um keinen Preis einen Ball in den Variétés versäumt, und es sich und ihren Begleitern ebenso wenig verziehen haben, wenn sie, pünktlich um Zehn gekommen, vor Vier hätte weggehen müssen. In dem Tumult, der bei solchen Gelegenheiten den berühmten Saal, „sondergleichen im Land," die ganze Nacht durch erfüllte, befand die kräftige, begehrliche Natur Cesarinens sich in ihrem Elemente. Das blonde, starke Mädchen wurde dann etwas wild, glühte mit den zweitausend Gasflammen um die Wette, und machte mit den Armen Bewegungen, die nicht immer ganz ohne Gefahr für die Nächsten blieben. Doch trotz dem Allem, vielleicht gerade wegen dieses Allen, erregte sie vielfache und lebhafte Bewunderung, welche sich auf dem zweiten Balle so thatsächlich äußerte, daß Hendrik mit Faustschlägen das Monopol seines Glücks zu vertheidigen hatte. Edward steckte bei diesem Kampf um die Schönheit lachend die Hände in die Taschen, Marüs dagegen stand Hendrik tapfer bei. Eine wunderliche Art für zwei junge Dichter, die Ritter eines Mädchens zu spielen, indessen es war an der Kirmeß und in den Variétés.

XVIII.

Helene hatte sich entschieden geweigert, die Variétés zu besuchen, obgleich die Hofräthin es: „nur auf eine Stunde, Lenchen!" bringend gewünscht hatte. Das junge Mädchen blieb dabei, daß an solche Orte nur eine Frau mit ihrem Manne gehen dürfe, nicht aber eine Mutter mit ihrer Tochter, und so waren denn Hendrik's Ueberredungskünste dieses Mal gescheitert.

Er hatte Helene überhaupt seit der Nacht des Börsenbrandes nur selten gesehen, und nie mehr allein. Länger als acht Tage nachher war sie ernstlich leidend gewesen, und selbst, nachdem sie sich wieder erholt, still und unzugänglich geblieben. Auch zum Ausgehen hatte sie keine Lust bezeigt, und als Grund für ihre Abneigung die große

Hitze angegeben. Nur in der Kunstausstellung war sie einige Male gewesen, und an einem ausnahmsweise frischen Nachmittag nach der reizenden Yacht Viktoria und Albert hinübergefahren, welche, ihre königliche Herrin von Berlin zurückerwartend, in der Schelde lag. Doch sowohl bei dieser Ausfahrt, wie in die Kunstausstellung hatte nicht Hendrik, sondern Florent Mutter und Tochter begleitet.

Florent war auch anwesend, als Hendrik am Dienstag nach ein Uhr zu den Herrmann's kam, um sie zu einer ihm bekannten Familie zu geleiten, von deren Fenstern aus sie den Ommegang mit ansehen sollten. Hendrik war etwas erstaunt, Florent zu treffen, und konnte dieses Erstaunen nicht so bemeistern, daß Florent es nicht hätte wahrnehmen sollen. Er lächelte auf seine feine, boshafte Weise, und sagte, auf die Familie anspielend, in deren Haus man wollte: „Ihr wißt's ja, ich kenne sie auch."

„Aber ich weiß mich nicht zu erinnern, Euch je dort gesehen zu haben," antwortete Hendrik.

„Nun, man geht überall ein erstes Mal hin — nicht?" fragte Florent gelassen.

„Gewiß," erwiederte Hendrik höflich. Dann wandte er sich zu Helenen und sagte: „Ich bin nur zufrieden, daß Sie wenigstens etwas von unserer Kirmeß sehen wollen — ich dachte wirklich, Sie würden sie ganz verschmähen."

„Mademoiselle hat die Blumenausstellung und die Prozession gesehen," sagte Florent.

„Davon habe ich ja Nichts gewußt," rief Hendrik mit einem unruhigen Blick.

„Ah, Monsieur Van Loon muß es wissen, wenn Mademoiselle etwas sehen will?" fragte Florent lachend. „Sie waren diese Tage über so beschäftigt," sagte Helene einigermaßen verlegen. „Sehr, bringendst," bestätigte Florent boshaft.

„Gehen wir?" fragte Hendrik, die Thatsache, daß man ihn von nun an ferne halten wolle, ruhig annehmend.

Die Frauen setzten ihre Hüte auf. Helene kam nicht recht mit ihrer Schleife zu Stande, ihre Hände zitterten.

Florent gab ihr die Mantille um — das hatte sonst Hendrik gethan. An dem heißen, glänzenden Augusttage schien es zwischen den beiden jungen Leuten kühler und kühler werden zu wollen. Hendrik zog unwillkürlich die Stirn zusammen, doch war, was er fühlte, mehr Schmerz, als Verdruß. Unten auf dem Werft nahm Helene, als verstände sich das von selbst, Florent's Arm. Hendrik folgte mit der Mutter, doch wurde er durch Florent bald näher herangezogen. Der enthusiastische Antwerpner beklagte sich bitter über die Polizei. „Sie will den Jungen Nichts mehr erlauben," sprach er. „Sie sollen keine Dorbjen mehr verlangen, keine Prunkäpfel und keine Ballons mehr tragen, Opsignorken nicht mehr prellen — es gibt keine Kirmeß mehr."

Dorbjen sind die kleinstmöglichen Münzen, die je aus Kupfer geprägt worden sein dürften, Prunkäpfel sind Kürbisse, Opsignorken ist eine Zwergenfigur, eine Puppe, welche in Mecheln die Antwerpner vorstellt, deren Spottname Sinjoori ist. Man pflegte dieses Männchen früher bei der Kirmeß von Mecheln zu prellen, und, so oft es in die Höhe flog, auszurufen: „Op Sinjoorken!" Die Antwerpner Buben hatten das den Mechelnern nachgemacht, und ließen bei ihrer Kirmeß Opsignorken's Zerrbild in die Höhe fliegen, wozu sie ein höchst drolliges Lied sangen. Florent sang das Lied — kein Vlaming kann ein Volkslied hersagen — er muß es singen. Daß Florent es auf der Straße that, hatte Nichts zu bedeuten — war nicht ganz Antwerpen so gut wie sein Haus? Auch fand Helene Nichts darin, sondern hörte mit Vergnügen zu, wie er mit Hendrik Knabenerinnerungen austauschte. Beide hatten die „Prunkäpfel" ausgehöhlt, ausgeschnitten und mit Lichtchen drinnen an Fäden getragen. Beide hatten sich mit Spielkameraden zusammengethan, um Ballons zu kaufen, die dann von zweien an einem Stock auf den Schultern getragen wurden, während die Uebrigen mit Fackeln, Jauchzen und Gesang hinterdrein zogen. „Und Kronen — haben Sie auch Kronen gemacht?" fragte Florent. — „Ich will's meinen," antwortete Hendrik. — „Kronen?" fragte Helene. — „Ja,

Kronen, aus Pfeifenröhren," antwortete Florent lachend. — „Das muß gut gerochen haben," meinte Helene, die Nase rümpfend. — „Danach frugen wir nicht," sagte Florent. — „Ich glaube, wir rochen Nichts," warf Hendrik lächelnd hinein. — „Sehr möglich," stimmte Florent zu. „Gewiß ist es, wir fingen lange vor der Kirmeß an, alle alten Pfeifenröhren zusammenzuschleppen, deren wir habhaft werden konnten. Dann wurden sie in kleine Stücke zerschnitten und an Fäden aufgereiht, und zwar immer abwechselnd mit rundgeschnittenen Papierstückchen, die an jedem Faden von einer andern Farbe sein mußten. An das Ende der Fäden hingen wir ausgeblasene Eier, und dann wurden die Fäden an einen Tannenreif geknüpft. Ueber diesem wölbten sich kronenartig zwei halbe, an denen Fähnchen flatterten. Der leere Raum oben wurde mit Grün ausgefüllt, und unten hingen inwendig alle mögliche Glasstückchen. Diese Krone wurde entweder an einem Seil über der Straße aufgehängt, oder an einem Stock aus einem Fenster hinausgesteckt, und dann ging das Glas im Wind, wie ein kleiner Carillon."

„Ihre Lieblingsmusik," sagte Helene etwas spöttisch.

„Die eines jeden Vlamings," antwortete Florent; „der Carillon wiegt uns als Kinder und als Greise." Er klang in diesem Augenblick über ihren Köpfen dahin, denn sie gingen über den grünen Platz, und es war drei Viertel auf Zwei. Florent blickte, zärtlich möchte man sagen, zu dem wundervollen Thurm empor, von welchem die Glockenstimme herabkam. „Kann man etwas Lieblicheres hören?" frug er. — „O ja," entgegnete Helene lächelnd.

„Wohl," sagte er, zu der Kirmeß zurückkehrend, „aber etwas Lustigeres konnte man nicht sehen, als die Kinder unter der Krone. An dem Hause, wo sie steckte, war ein kleines Zelt aufgeschlagen — da sammelten die Kinder den Tag über von den Vorübergehenden das nöthige Geld, um Abends unter dem Zelte schmausen zu können. War Alles aufgegessen, so sprangen sie über Lichter, welche sie in einer Reihe aufgestellt hatten. Dann wurden die Lichter in einen

Kreis gesetzt, eines trat hinein, die andern tanzten rund herum und da sang man."

„Ja, es war lieb," sagte Hendrik, der jetzt auf der anderen Seite von Helenen ging. Die Hofräthin, zerstreut und beschäftigt durch die Menge der Vorüberkommenden, bemerkte nicht, daß sie allein geblieben war. Hendrik wußte es selbst nicht, daß er die Mutter über der Tochter vergessen hatte. Er war in Gedanken wieder Knabe, und kam sich als solcher so viel glücklicher vor, als jetzt, wo er Dichter und Redakteur war, daß er mit einem Seufzer fragte: „Warum vergehen solche Zeiten?"

„Werden Sie nicht sentimental, Monsieur Van Loon, ich bitte Sie!" sagte Florent sarkastisch.

Hendrik erwiederte Nichts, doch sah Helene, daß Florent's Weise ihn verletzte. Es gibt Tage, an denen selbst der Unbefangenste seltsam empfindlich gegen jede schärfere Berührung ist. So war es heute mit Hendrik — er litt, ohne sich Rechenschaft geben zu können warum, von Dingen, die er sonst kaum bemerkte.

Helene war auch blaß und erregt, als sie in das Haus kamen, wo man sie erwartete. Sie wurden freundlich empfangen, und bekamen die besten Plätze an den beiden Fenstern. Florent setzte sich hinter das junge Mädchen, Hendrik lehnte seitwärts. Die Hofräthin gerieth sogleich in ein lebhaftes Gespräch mit den Frauen des Hauses. Helene saß still und blickte in die Straße hinunter, die sich bereits füllte. Es war eine der ersten, durch die der Weg des Ommegangs führte, er ließ sich nicht allzulange erwarten. Ommegang oder Umgang ist der allgemeine Name für die prächtigen, theils rein phantastischen, theils historischen, allegorischen oder legendenhaften Aufzüge, welche sich im Mittelalter mit den großen Prozessionen verbanden, um die feierlichen Kirchenfeste zu einem Schauspiel für die Menge zu machen. Nirgends haben sie sich so erhalten, wie in Blämisch-Belgien und in Französisch-Flandern. Der Hennegau, der zwischen inne liegt, hat auch sein Theil davon. In wie vielen Formen der Ommegang erscheint, davon allein ließe sich ein dickes Buch schreiben. In einigen Orten, wie in Mons, Ath, Fürnes geht er noch jährlich mit der Hauptprozession, in Mecheln geht er nur sehr selten, in Antwerpen öfter, doch nicht länger mit der Prozession, bisweilen auch um hohen Gästen Ehre zu erweisen. Bei großen Gelegenheiten werden in Brüssel allgemeine Aufzüge veranstaltet, zu denen auch die Riesen aus den andern Städten kommen, denn jede Stadt hat ihr Riesenpaar, oder ihr Pferd, oder ihr Meerungeheuer. Man spricht von den Riesen von Brüssel, von Ath u. s. w. wie von angesessenen Personen, die noch obenein von guter Herkunft sind und ein Recht an die öffentliche Aufmerksamkeit haben. Der Antwerpner Riese heißt Antigon. Er ist, obwohl er sitzend dargestellt ist, dermaßen Riese, daß er aus keinem Stadtthor heraus kann. Ob er, wenn Antwerpen einst nicht mehr Festung sein sollte, die Gelegenheit benutzen wird, um Ausflüge zu machen, weiß ich nicht. Für den Augenblick sitzt er als römischer Krieger da, auf dem Haupt einen vergoldeten Helm, statt der Krone von weißen und rothen Rosen, die er trug, als er gegen die Mitte des sechzehnten Jahrhunderts unter den Händen von Peter Coucke hervorging, welcher Architekt und Maler Karls V. war. Helene, die durch Florent schon längst Wunderdinge vom Antigon gehört hatte, wartete mit einiger Ungeduld auf sein Erscheinen, doch er zögerte damit als große Personnage.

Dafür kam der Wallfisch an, auf welchem ein Cupido saß. Der Liebesgott war in Rosa gekleidet, hatte einen grünen Kranz auf dem Kopf und spritzte mit Wasser lustig in die Menge hinein, die sich um ihn herdrängte, und, wo die Fenster offen standen, auch in die Häuser. Das Fenster, wo Helene saß, war von Hendrik vorsorglich zugemacht worden, aber die Hofräthin, die nicht gewarnt worden war, empfing unversehens einen tüchtigen Sprühregen. Sie schrie lachend auf, Florent eilte zu ihr hin, um ihr ebenfalls lachend Glück zu wünschen, daß der Cupido nicht länger die Erlaubniß habe, mit Pfeilen zu schießen. „Es gingen gar zu viele Fenster dabei in Stücke," sagte er, „und so hat man es ihm untersagt. Aber hätt' er noch schießen dürfen, er hätte Sie getroffen!"

Hendrik hatte Florent's Aufstehen benützt, um den Stuhl hinter Helenen einzunehmen, Florent sah es nicht, er war eifrig im Erklären des Ommegangs begriffen.

„Früher hatten wir noch den Elephanten, das Kameel, das Glücksrad, die Syrene und das Fegefeuer," sprach er, „die sind jetzt abgegangen. Aber die Riesin ist da und wird bald erscheinen. Sie ist lange nicht so alt wie ihr Mann, der Antigon, sie wurde erst im vorigen Jahrhundert verfertigt und zwar von einem Herreyns. Ja, ja, Madame, wir sind eine alte Antwerpner Bürgerfamilie, eine Aristo=kratie, — sehen Sie, da ist das Schiff — auf die wir nicht wenig geben." Das Schiff, mit zwei Meerpferden bespannt, wogte langsam vorüber. Kähne folgten, besetzt mit Kindern, die, ebenso wie die Matrosen des Schiffs, weiß gekleidet waren und Strohhüte mit rothen Bändern trugen. Florent ließ der Hofräthin nicht recht Zeit, die Fahrzeuge in Augen=schein zu nehmen — er schwatzte weiter. „Sie" — er meinte die Riesin — „stellte zuerst die Magd von Ant=werpen vor, aber schon im nächsten Jahr wurde sie zur Minerva, wie wir sie heute sehen werden. Der Riese wurde der französischen Republik zu Ehren als Mars ausstaffirt — das ist ein Kapitel in seiner Geschichte, welches wir überschlagen wollen. Ehrenhafter für ihn ist es, daß er immer gewählt wurde, um die hohen Häupter zu begrüßen, die in unsere Stadt kamen."

Während Florent so plauderte, sagte Hendrik zu Helenen: „Sehen Sie, in jenem Hause dort, links seitwärts das dritte, ist Melanie gestorben."

Helene blickte nach dem Hause, und wandte dann ihre großen, stillen Augen dem jungen Manne zu.

„Denken Sie wirklich noch ihrer?" fragte sie.

„Jetzt wieder mehr als seit langer Zeit," antwortete er. „Es ist seltsam: bisweilen empfinde ich einen so frischen Schmerz um sie, als wäre sie erst gestern gestorben."

„Da ist die Riesin, Mademoiselle!" rief Florent herüber. Die Riesin fuhr auf ihrem von sechs Pferden gezogenen Wagen schwerfällig vorbei. Sie wackelte ziemlich bedenklich und sah etwas dumm aus.

Helene nickte Florent zu, um anzudeuten, daß sie die Antwerpner Minerva gehörig gesehen habe, dann sich wieder zu Hendrik wendend, sprach sie lächelnd: „Es ist nur gut, daß Sie zu dem Schmerz schon den Trost haben."

„Sie glauben?" fragte Hendrik verlegen.

„Sie ist sehr frisch und blühend, scheint gesund — das ist ein großes Glück in der Ehe," fuhr Helene fort. „Wer weiß, wie viel Sie von der Kränklichkeit der armen Melanie gelitten hätten, wenn sie Ihnen erhalten worden wäre."

„Ich hätte die Geduld gehabt, sie zu pflegen," antwortete Hendrik, der zuerst glühendroth geworden war und jetzt sehr blaß wurde.

„Ich bin überzeugt, daß Sie es redlich gewollt hätten," entgegnete das junge Mädchen, immer mit sanftem Lächeln, „aber wie oft versagt dem Willen die Kraft! Ich habe schon Ehen gesehen, wo die Frauen krank waren — bei aller Güte und Liebe wurden die Männer doch müde. Es kommt immer Alles, wie es am Besten ist — es ist sicherlich ein Glück für Sie und Melanie gewesen, daß Sie nicht erst in die Gefahr kamen, zu ermüden. Jetzt haben Sie alle Aussicht, das Leben mit Ihrer Frau genießen zu können. Wann heirathen Sie?"

„Es ist noch unbestimmt," stammelte Hendrik, „meine Verhältnisse sind noch nicht von der Art —"

„Nun, ich wünsche herzlich, daß Sie nicht zu lange harren müssen," schloß Helene freundlich. Dann rief sie lebhaft: „Ah, da ist ja endlich der Antigon!"

Er fuhr sehr prächtig mit, ich weiß nicht wie vielen, reich angeschirrten Pferden, und drehte langsam sein schwarzbärtiges Haupt rechts und links.

Florent kam jetzt wieder zu Helenen; er wollte hören, ob sie den Antigon nicht schön fände. „Ich bekenne Ihnen, daß ich schönere Köpfe gesehen habe," antwortete sie ruhig.

„Davon ist ja nicht die Rede," rief er ungeduldig, „aber an und für sich — in seiner Art — wie finden Sie ihn da?"

„Merkwürdig."

„Und den ganzen Ommegang?"

„Auch merkwürdig und vor Allem absonderlich."

„Er gefällt Ihnen nicht?"

„Ich glaube, mir fehlt der Sinn für das Barocke, welcher nöthig wäre, um gerade mit dieser Eigenthümlichkeit des vlämischen Lebens zu sympathisiren," antwortete Helene nachdenklich. „Aber merkwürdig und bedeutend ist es mir, daß ich nun mit eigenen Augen noch lebendiges Mittelalter gesehen habe, und zwar inmitten der modernsten Elemente: der Industrie und des Liberalismus."

Drei „Prachtwagen," welche nun noch folgten und den Handel Belgiens und den Ruhm Antwerpens vorstellten, interessirten Helene noch weniger, als die vorausgegangenen Figuren. Sie fand, was zu äußern sie sich jedoch höflich hütete, daß alle darstellenden Personen von einer unglaublichen und betrübenden Häßlichkeit wären. Im Ganzen hatte ihr der Ommegang einen Eindruck von Abspannung hinterlassen, der ihr den noch übrigen Tag unsäglich schwer hinzubringen machte. Sie waren allein. Florent mußte sie wegen einer Familienvereinigung verlassen. Hendrik hatte sie nicht einmal nach Hause begleitet. Er war gereizt und und erbittert gegen Helene. „Blühend, frisch und gesund," murmelte er vor sich hin, „als ob man darum allein eine Frau nähme! Sie hätte von Rien wohl auch etwas Anderes sagen können." Dann fragte er sich: „Was?" konnte Nichts finden und wurde nur um so verdrießlicher. Auf dem Ball war er dieses Mal nicht liebenswürdig, sondern überließ es Marüs, es zu sein. Und Marüs, zu seinem Lobe sei es gesagt, opferte sich auf, und war zugleich für einen „kleinen Bauern" ungemein gewandt und ungezwungen.

XIX.

„Blühend, frisch und gesund" — seitdem Helene sich mit diesen erdrückenden Lobsprüchen über Rien geäußert, kam Hendrik nur noch höchst selten zu den Herrmanns. Und wenn er kam, so war er, ungleich seinem frühern Selbst, steif, verlegen, ohne Herzlichkeit. Dabei war er noch körperlich und geistig abgespannt. Das hatte seinen materiellen Grund. Hendrik war nicht länger bei der Konstitution. Ein geschickter Spekulateur, der mehrere Journale in Antwerpen an sich gebracht hatte, besuchte ihn eines Tages kurz nach der Kirmeß, und bot ihm bei dem bedeutendsten seiner vlämischen Blätter die Stelle des Hauptredakteurs an. Natürlich griff Hendrik zu; achtzehnhundert Franken sogleich, Aussicht auf allmäliges Steigen des Gehaltes bis auf zweitausend siebenhundert, das war kein Anerbieten zum Zurückweisen. Jef allerdings war höchst tugendhaft entrüstet, als Hendrik ihm seinen Austritt anzeigte, und um diese Entrüstung zu bethätigen, weigerte er sich, Hendrik zu bezahlen, was er ihm noch schuldig war. Jef war unabhängig; wenn es ihm nicht gefiel, Hendrik zu bezahlen, wer konnte ihn zwingen? Das Gericht zwang ihn aber doch; man hatte in Antwerpen beim Gerichtshof nun einmal durchaus keinen Begriff von den ganz besonderen Rechten eines unabhängigen Volksdichters.

Hendrik ließ Jef seinen Kopf unter seinem Hute schütteln, und wünschte sich Glück, aller Verbindung mit ihm los und ledig zu sein. Wenn Hendrik naiv war, so war er nicht einfältig; ein Jahr hatte ihm mehr als genügt, um Jef durch und durch zu sehen. Und da Jef, von innen gesehen, kein sittlich schönes Schauspiel darbot, so empfand Hendrik eine wahre Erleichterung darin, ihn nicht mehr täglich und stündlich unter den Augen zu haben.

Mit einem frischen Aufbrausen von Hoffnungen dagegen warf er sich in seine neue Bestimmung. Hauptredakteur sein hieß frei sein, die Macht des Journalisten wirklich in seinen eigenen Händen haben, jetzt konnte er wirken. Unter

Wirken verstand er natürlich, noch ebenso wie vor einem Jahre, Schreien. Er fing denn auch dermaßen an, daß er sich bald die Mißbilligung aller Gemäßigten erworben hatte. Zugleich behandelte er die Sache, die denn doch seine eigene war und blieb, die vlämische Nationalität, von einer so unermeßlichen Höhe herab, als ginge sie ihn jetzt ganz und gar nichts mehr an. Es war eben ein Taumel. Daß er nicht lange dauern würde, dafür bürgte Hendrik's grundgutes Naturell, doch für den Augenblick stand ihm allerdings der Kopf nach allen Winden. Es war deutlich zu merken, daß Helene keinen Einfluß mehr auf ihn ausübte. Vielleicht war sein jetziger Uebermuth sogar nichts Anderes, als ein Auflehnen gegen das Anderswerden, welches er in Folge dieses Einflusses gefühlt hatte. Gewiß ist es, daß er in seinem Innern gegen Helene trotzte. „Sie hat mich weggeworfen," dachte er, und hatte nicht ganz Unrecht. Hendrik abermals als Rien's Kavalier gesehen, war Helenen völlig anders erschienen, als Hendrik, welcher neben ihr saß und Gedichte las. Sie schämte sich, daß er habe Bedeutung für sie gewinnen können. Sie erröthete brennend, wenn sie daran dachte, daß sie einige Male geweint, weil er die schönen glühenden Lieder nicht an sie gedichtet. So lange sie Cesarine nur durch diese Lieder gesehen, hatte das dicke, blonde Mädchen wenigstens Hendrik keinen Eintrag gethan; aber als sie den Gegenstand seiner poetischen Liebe nochmals mit Augen geschaut, da kam Hendrik ihr erniedrigt vor. Unwillkürlich schätzen Frauen einen Mann nach derjenigen, welche er liebt. Ist sie alltäglich, sinkt auch er. Hendrik war in Helenens Meinung um das ganze Gewicht Cesarinens gesunken, und wir wissen es, daß Cesarine schwer wog. Von dem neuen Eindruck, welchen er in der Nacht des Brandes auf sie gemacht, mußte Helene sich, wenn auch nicht ohne Kampf, doch entschieden wieder zu befreien. „Es war ein Zufall, daß er so war," sagte sie sich, „für gewöhnlich, heute, morgen, in Zukunft immer ist er der Anbeter der dicken Person auf dem Dampfschiff." Und darum legte sie an dem Tage des Omme=

gangs die herabwürdigende Lobpreisung Cesarinens gleich=
sam als scharfe, trennende Schwertklinge zwischen sich und
Hendrik. Daß sie Hendrik verletzen würde, wußte sie; aber
was that das? Ob seine Eitelkeit gereizt wurde oder nicht,
was lag daran? In der Empfindung leiden, konnte er
wohl nicht mehr; eine Liebe zu solch' einer Person mußte
unfehlbar alle feinere Gefühlsfähigkeit abstumpfen. Um
Cesarine zu lieben, mußte man materiell sein. Hendrik
war's geworden. Helene erinnerte sich des Gleichnisses,
welches Goethe bei Fouqué's Undine anwandte: des höl=
zernen Stabes, an welchem ein Endchen nur von lauterem
Golde sei. Auf Hendrik's Theil war eben auch kein durch
und durch goldener Stab gekommen, sondern nur ein höl=
zerner mit einem Endchen Gold. Das war die Liebe zu
Melanie gewesen, und die war jetzt fort, und nur der Holz=
stock, die Liebe zu Rien, war übrig geblieben. Und Helene
war mit Hendrik fertig, oder glaubte doch, es zu sein; Hen=
drik aber hatte die Schwertklinge im Herzen gefühlt: die
Wunde, die sie gemacht, blutete noch immer.

Cesarine hätte nun eigentlich heilend und erquickend ein=
greifen sollen, aber Cesarine legte in dieser Zeit vornehmer
und selbstbewußter als je die Hände in den Schooß. Was
ihr eine so ungemeine Zufriedenheit mit sich selbst einflößte,
das konnte Hendrik nicht errathen, die Wahrheit zu sagen,
dachte er auch nicht viel darüber nach. Er wunderte sich
nur, wenn es ihm gerade einfiel. Dann kam er auf den
Gedanken: war Cesarine nicht beleidigt, daß er noch immer
nicht förmlich um sie angehalten? Zeigte sie darum in
ihrem Wesen so viel Würde? Hendrik, der sich noch immer
als den Gebieter über Rien's Geschick ansah, konnte nichts
Anderes glauben, und bereitete sich vor, seine Pflicht zu
erfüllen. Er sagte an einem Sonntag Morgen zu Mutter:
„Heute werde ich gehen und mit Madame Veydt wegen
Rien reden." — „Wenn es sein muß," meinte Mutter seuf=
zend. — „Sicher muß es sein," antwortete Hendrik; „ich
muß dem armen Mädchen doch halten, was ich ihm ver=
sprochen habe." — „Ihr hättet ihm nicht erst etwas ver=

sprechen sollen," sprach Mutter; „ich hab's Euch immer gesagt, daß viele Wandeln thäte nicht gut." Hendrik warf verdrießlich den Kopf zurück und ging.

Als er zu Madame Veybt kam, fand er Rien allein. Sie sah sehr roth und etwas verlegen aus. Auf dem Tische lag, ich weiß nicht, welcher moralische Roman von der Prinzessin von Craon. „Was habt Ihr denn da?" fragte Hendrik, das Buch aufnehmend und mit Belustigung durchblätternd. Es war so ungleich den Büchern, die Rien gewöhnlich las.

Rien zupfte an der schwarzen Jacke, die sie über einem braunen Rocke trug, und antwortete theils mit gespielter, theils mit wirklicher Verlegenheit: „Meinherr Verstraaten hat es mir gebracht — es ist ein Buch, welches er seinen Schwestern zu lesen giebt, damit sie französisch lernen sollen."

„Bringt er es Euch auch deßwegen?" fragte Hendrik. Dann setzte er zerstreut hinzu: „wie kommt es denn, daß er hier Besuche macht? Ich hab' ihn seit der Kirmeß nicht mehr zu Gesicht bekommen."

„Edward hat ihn mitgebracht," antwortete Cesarine, immer noch an ihrer Jacke zupfend.

„Edward — so?" sagte Hendrik, der seinen Antrag im Kopfe hatte. Dann fragte er nach der Tante.

Sie zog sich an, mußte aber jetzt bald fertig sein. Hendrik bat Rien, die Tante zu fragen, ob er sie nicht einen Augenblick sprechen könne. Rien entfernte sich mit einem unerklärlichen Zögern. Ein paar Mal schien sie Hendrik etwas sagen zu wollen, dann jedoch besann sie sich eines Andern und ging in das Nebenzimmer zur Tante.

Die kam bald, freundlich, wenn gleich verwundert. Hendrik, der nie verlegen war, wenn es sich darum handelte, passende Worte zu sagen, machte seinen Antrag mit großer Freimüthigkeit und Schicklichkeit, die Tante gab sich nicht die Mühe, ihre Zufriedenheit darüber zu verhehlen, und Alles war bald in Ordnung.

Nun rief die Tante Rien, gab ihr eine kurze Ermahnung, führte sie dann zu Hendrik, und forderte diesen auf, sie als seine Verlobte zu küssen.

Hendrik that das sehr bereitwillig. Er hatte sogar die beste Lust, gerührt zu werden, aber Cesarine stand mit niedergeschlagenen Augen so stockstill vor ihm, daß jede Rührung unmöglich wurde.

Frau Beydt machte eine scherzhafte Bemerkung über Nien's Schüchternheit als Braut, und dann ließ sie das junge Paar allein. Hendrik benutzte das, um Nien abermals zu umarmen, zugleich sagte er, aufathmend, denn ein Antrag ist immer etwas Schweres: „Wohl, Nien lieb, jetzt werden wir uns bald heirathen."

Nien ließ sich umarmen, hielt die Augen niedergeschlagen und zupfte an ihrer Jacke. Hendrik fing an, ihr Benehmen seltsam zu finden. „Warum sagt Ihr denn gar nichts?" fragte er.

Nien entschloß sich endlich zum Antworten, doch that sie es nur stockend und mit leiser Stimme. „Es ist nur, daß ich fürchte, Ihr werdet böse werden," sagte sie.

„Böse — warum sollt' ich denn böse werden?" fragte Hendrik.

„Weil ich mich nicht mit Euch verheirathen will," antwortete Cesarine.

Hendrik starrte sie mit einem sehr begreiflichen Erstaunen an.

„Ihr wollt Euch nicht mit mir verheirathen?" brachte er endlich heraus.

„Nein," erwiederte Cesarine.

„Und warum denn nicht?"

„Och, Ihr seid ja doch noch zu jung," sagte Cesarine freundlich lächelnd.

„War ich vor sechs Monaten älter?" fragte Hendrik höchst entrüstet.

Nien mußte bekennen, das sei nicht der Fall gewesen.

„Wohl," sagte Hendrik, „da seht Ihr's also, daß Euer sogenannter Grund nur ein Vorwand ist."

Nien hatte jetzt ihre Verlegenheit überwunden, und ihr Trotz kam zum Vorschein. Die Augen herausfordernd auf

Henbrik richtend, fragte sie keck: „Wenn ich aber doch nun einmal nicht will?"

„O, ich werde Euch nicht bitten," versetzte Henbrik, nun seinerseits trotzig. „Nur finde ich, Ihr hättet mir das sagen können, bevor ich mit Eurer Tante sprach." Er setzte den Hut auf, ging an die Thür und blieb dann stehen. „Rien," sagte er, sie gut und vorwurfsvoll ansehend, „ist das Euer letztes Wort? Ueberlegt es Euch. Spracht Ihr vielleicht im Zorn, habt Ihr mir etwas vorzuwerfen? Zweifelt Ihr an mir?"

„Ach, laßt mich in Frieden," antwortete Rien verdrießlich, drehte ihm den Rücken und stellte sich an's Fenster.

Dieses Mal verließ Henbrik wirklich das Zimmer. Auf der Treppe stieß er gegen Edward. „Wohl, was ist vorgefallen?" fragte dieser, Henbrik aufhaltend und prüfend ansehend.

Henbrik ließ sich nicht bitten, seine Kränkung, seine Wuth, seine Empörung auszusprudeln. Edward hörte ihn mit großer Gelassenheit an und pfiff leise vor sich hin. Als Henbrik erschöpft zu Ende war, sagte Edward ernsthaft: „Das hätte ich Euch voraussagen können."

„Warum habt Ihr's da nicht gethan?" fuhr Henbrik mit finsterem Blicke auf.

„Als ob Ihr mir's geglaubt hättet!" entgegnete Edward, die Achseln zuckend. „Um dergleichen zu glauben, muß man's erfahren."

Henbrik konnte ihm darin nicht widersprechen, indessen war es noch immer verdrießlich, daß er frug, woraus Edward geschlossen, daß ihm, Henbrik, eine solche Schmach von Rien widerfahren werde?

„Woraus ich das schloß?" antwortete der Andere gelassen. „Aus dem, was ich sah und hörte. Der junge Mann, den Ihr bei der Kirmeß immer mit Euch hattet — der lange Junge vom Dorfe —"

„Meinherr Verstraaten?"

„Ganz Recht — Meinherr Verstraaten ist's."

„Aber wie kann denn das sein?" fragte Henbrik, seinen

Freund mißtrauisch ansehend. „Ich hab' heute ein Buch von ihm bei Rien gesehen, und da sagte sie mir, er hätte es ihr gebracht, als er einmal mit Euch gekommen — Ihr hättet ihn in's Haus eingeführt." Hendrik konnte nicht weiter, Edward unterbrach ihn durch ein schallendes Gelächter. „O Nik!" rief er, als er sich wieder beruhigt hatte, „wenn Ihr nicht ein so gescheidter Junge wärt, was wärt Ihr für ein Dummerjahn! Der Herr Verstraaten, den ich ein einziges Mal in's Haus gebracht haben soll, ist seit der Kirmeß jede Woche ein, zwei Mal bei uns gewesen. Mutter hatte nichts Arges b'raus, weil er so gar bescheiden thut und immer nach mir fragte. Da er stets zu Stunden kam, wo ich nicht da bin, fiel die Pflicht, ihn zu unterhalten, auf Rien — Ihr wißt's ja, Mutter sitzt nicht gern still, um blos zu sprechen. Ich kam ein oder zwei Mal zufällig dazu, und da sah ich denn, wie die Sachen standen. Uebrigens hatte ich schon am letzten Abend in den Variétés wahrgenommen, wie es kommen würde. Ihr ließt ihm allen möglichen Spielraum, und er — benutzte ihn. An dem Abend bereits fragte er sie, ob sie das Buch zu lesen wünsche, welches Ihr heute gesehen habt. Sie liest's nicht, dazu ist sie zu gescheidt, aber sie legt's auf den Tisch, wenn sie denkt, daß der Herr Verstraaten kommen könnte. Nun wißt Ihr, warum ich ein Prophet hätte sein können."

„Aber was ich nicht weiß," sprach Hendrik mit vor Wuth zitternder Stimme, „das ist, warum Ihr nicht zu mir gekommen seid, um mich von Allem in Kenntniß zu setzen und zu warnen."

Edward legte dem Zornigen die Hand auf die Schulter, und antwortete ernster, als es seine gewöhnliche Art war: „weil ich Euer Freund bin, Nik, und nicht in Cesarinens Besitz, wohl aber in ihrem Verlust ein Glück für Euch sah."

Hendrik schwieg betroffen, Edward fuhr fort: „Glaubt mir's, Nik, Ihr hättet keine schlechtere Frau finden können, als Rien. Was werdet Ihr von Eurer Frau verlangen? Daß sie Euer Haus in Ordnung halte, und bereit sei, Euch freundlich zu empfangen, wenn Ihr heimkommt. Fordert das einmal von Cesarine. Fordert, daß sie in Eurer Abwesenheit allein bleibe und das Haus hüte. Sie würde Euch gut ansehen. Und gesetzt, sie thät's aus Furcht, weil Ihr sie in Ordnung hieltet, was für eines Empfangs könntet Ihr gewärtig sein? Glaubt mir, ein Geschöpf wie Cesarine will immer nur für sich leben, nie für Andere, wären die Andern selbst Mann und Kinder. Und dann, hätte sie auch ebenso viel gute Eigenschaften, wie sie schlechte hat, ist ein Mädchen, welches Euch augenblicklich den Rücken dreht, sobald es einen Reicheren sieht, wohl auch nur einer Minute Bedauerns werth?"

Hendrik hatte aufmerksam zugehört, jetzt sagte er: „Ich dank' Euch, Edward, Ihr mögt Recht haben — auch bin ich nicht sowohl unglücklich, wie aufgebracht: das ist natürlich, wenn man von einem Mädchen, von dem man glaubte, es sähe einen so gerne, so zum Narren gehalten wird. Und dann dieser Verstraaten — mit seinen Complimenten und seiner Bescheidenheit — soll er mir ungestraft einen solchen Streich spielen dürfen?"

„Keineswegs," entgegnete Edward trocken, „schreibt ein Dankgedicht an ihn."

Hendrik konnte sich nicht enthalten, zu lachen, obwohl er von dem eben gehabten Zornanfall noch etwas fahl aussah. „Ich möchte nur wissen," sagte er, „ob er mein Verhältniß zu Mien gekannt hat?"

„Er mag sich gedacht haben, daß Ihr in sie verliebt wärt," antwortete Edward, „daß sie mit Euch verlobt war, hat er sicherlich nicht gewußt — dafür wird Mien gesorgt haben. Und in jedem Falle, Rik, ist der Herr Verstraaten Euer bester Freund, denn er hat Euch Cesarine abgenommen."

„Wohl," sprach Hendrik, „mag es d'rum sein. Ich bin nicht der erste Dummkopf, der sich von einem Mädchen betrügen läßt, und ich werde nicht der letzte sein. Vale!" Und mit diesem philosophischen Trostgrunde ging er von bannen.

Am Abend erzählte er Mutter Alles. Sie hörte ihm

mit leisem Kopfnicken zu; als er fertig war, sagte sie, ihn küssend: „Nik lieb, mein Junge, Nien ist sehr dumm gewesen, aber ich bin sehr kontent."

XX.

„'Ne zalige, zulle!" das ist der Gruß, mit welchem man sich zu Antwerpen und auch anderswo in Blämisch-Belgien zu den hohen Festen, b. h. Ostern, Pfingsten, Allerheiligen und Weihnachten, hauptsächlich aber zu Neujahr begrüßt. Ne zalige heißt „ein seliges", Fest darunter verstanden, zulle — ja, was heißt zulle, auszusprechen Sülle oder Selle? Die Vlamingen, die ich befragt habe, wußten es nicht; sollte ich es später noch in Erfahrung bringen, werde ich die Entdeckung bekannt machen. Gewiß ist es, daß es am Ende fast jeder Phrase so unvermeidlich ist, wie das n'est-ce-pas im belgischen Französisch, nur daß es weniger aufstachelnd auf die Nerven wirkt. Kann einen das n'est-ce-pas, wenn man es ungefähr dreißig Mal in einer Viertelstunde vernimmt, bis zur Verzweiflung bringen, so hört man dagegen das zulle, als hörte man es nicht, vielleicht, weil es gar keine Bedeutung hat. Es den Reden meiner Vlamingen anzuhängen, habe ich für unnöthig erachtet, man möge ein für alle Mal annehmen, daß es bei der Beendigung von acht Sätzen unter zehn unwillkürlich ihren Lippen entgleitet.

Außer daß man sich 'ne zalige, zulle, wünscht, besucht man auch im Laufe des Neujahrstages die Häuser seiner Verwandten, Freunde, Gönner und Bekannten, küßt alle Welt, alt wie jung, weiblich wie männlich, und trinkt in jedem Hause ein Glas Wein auf das Wohl der Bewohner. Wer mit verwandten und befreundeten Häusern sehr reich gesegnet ist, läuft Gefahr, den ersten Abend im neuen Jahr mit etwas unklaren Blicken anzusehen.

Hendrik, der ein geselliger Mensch war, hatte viel Neujahrsbesuche abzustatten. Den letzten wollte er bei den Herrmann's machen, den vorletzten bei Frau Beydt. Am

Ende, die Frau konnte doch nicht dafür, daß ihre Nichte ihm so ungebührlicher Weise einen Korb gegeben hatte. Zu den Herrmann's wollte er darum zuletzt, weil er, nachdem er Helene geküßt —. das zu thun hatte Hendrik sich entschlossen gelobt — kein anderes Mädchen mehr küssen wolle.

War es denn also, seitdem er nicht mehr an Cesarine gebunden war, anders zwischen ihm und Helenen geworden? Nein, sie hatten sich kaum gesehen, noch weniger gesprochen, und auch dann noch stets mit Zurückhaltung von Helenens, mit Verlegenheit von Hendrik's Seite. Aber in Hendrik war viel anders geworden.

Es dunkelte bereits stark, als er zu Frau Veydt kam. Sie war mit Cesarinen allein, die Besucher waren alle schon dagewesen. Hendrik empfand nicht die minbeste Befangenheit, als er zum ersten Male seit jenem merkwürdigen Sonntagsmorgen wieder in das bekannte Zimmer eintrat. Mit Herzlichkeit umarmte er Frau Veydt, dann näherte er sich Cesarinen, und küßte sie mit ruhiger Höflichkeit auf die Stirn. Sie antwortete Nichts auf seinen Neujahrsgruß, sie lief hinaus in die Küche.

Hendrik setzte sich, ohne ihre Entfernung weiter zu bemerken, zu der Tante und schwatzte ihr lustig vor. Sie waren Beide in lustigem Lachen begriffen, als Edward hereinkam, der bis jetzt auf Besuchen aus gewesen war. Hendrik und er hatten sich bereits gesehen, also bedurfte es zwischen ihnen keines: 'ne zalige, zulle. Edward setzte sich auch, und das Gespräch ging munter fort, als Cesarine wieder hereinkam. Sie sagte auch jetzt kein Wort, sondern blieb seitwärts am Tische stehen. Die Tante hieß sie Hendrik ein Glas Wein anbieten, sie goß eines voll und brachte es dem jungen Mann auf einem Teller. Das Glas klirrte gegen den Teller, als zitterte die Hand, welche diesen hielt. Die Tante sagte ziemlich scharf: „Wirf nur das Glas nicht hin." Als Cesarine glücklich bis zu Hendrik gelangt war und ihm den Teller hinhielt, blickte er, indem er das Glas nahm, natürlicher Weise zu ihr auf und sah, daß ihre

Augen ganz verweint waren. Ohne jedoch zu thun, als
bemerke er irgend etwas Besonderes an ihr, dankte er ihr
sehr höflich, trank auf ihre Gesundheit und sprang dann
auf, um das Glas wieder auf den Tisch zu stellen. Einmal
auf den Füßen, wollte er sich nicht wieder setzen, sondern
empfahl sich. Edward begleitete ihn hinaus und hielt ihn
an der Treppe auf. „Habt Ihr's gemerkt?" fragte er.

„Ja," antwortete Hendrik. „Was ist es denn mit ihr?"

„Wohl, es ist, daß Meinherr Verstraaten nicht mehr
kommt."

„Nicht?" fragte Hendrik aufrichtig erstaunt. „Da ist's
ihm also wie mir gegangen. Aber auf wen wartet denn
Rien, daß sie immer Einen nach dem Andern fortschickt?"

„Dieses Mal ist sie unschuldig," antwortete Edward.
„Sie hat, glaub ich, von Tag zu Tag gewartet, daß ihr
der Junge einen Heirathsantrag machen sollte. Aber er —
der Herr Verstraaten ist ein schlauer Bursche — er machte
nur Gedichte an sie. In denen sprach er immer von seinen
„bleichen Wangen," obgleich sein Gesicht rosenroth war wie
ein Apfel."

„Ja, darauf hält er, blaß zu sein," sagte Hendrik
lachend. „Er muß es durchaus für poetisch halten."

„Und," fuhr Edward fort, „nachdem er das so bis etwa
Anfang vorigen Monats getrieben hatte, nahm er sich eines
Tages seine Prinzessin von Craon mit, und kam nicht wieder.
Seitdem hab' ich mit Einigen gesprochen, die ihn und seine
Familie gut kennen — sie sagen, daran wäre gar nicht zu
denken, daß seine Eltern ihn jetzt schon heirathen ließen,
und selbst später würde er nur ein reiches Mädchen nehmen
dürfen. Nun sitzt Rien, und würde, glaub' ich, sehr zu=
frieden sein, wenn sie Euch wieder kommen sähe."

Edward blickte bei dem Schluß seiner Rede Hendrik
prüfend in's Gesicht, Hendrik lächelte und fragte: „Würdet
Ihr an meiner Stelle wiederkommen?"

„Nein, sicher nicht," antwortete Edward, die Achseln
zuckend und die Hände in die Tasche steckend.

„Wofür würdet Ihr mich halten, wenn ich es thäte?"

„Für einen Dummkopf."

„Das mein' ich auch. Gute Nacht benn."

Hendrik ging jetzt mit starken Schritten. Das Herz klopfte ihm, das Blut brannte ihm im Kopf und in den Händen. „Jetzt werde ich sie küssen," sagte er mehrmals vor sich hin, und sammelte sich mit einer solchen Entschlossenheit, als gält' es, die Citadelle von Antwerpen zu erstürmen.

Das Atelier, welches, wie wir wissen, zugleich den Salon vorstellte, war diesen Abend ungewöhnlich hell erleuchtet. Die Lichter am Piano brannten, auf dem Kaminsims standen ebenfalls zwei, und eins auf einem besonders hohen Leuchter erhellte auf dem runden Tisch in der Mitte einen schönen Blumenstrauß, nicht einen, der wie ein Gemüse in einer weißen Papierschüssel angerichtet war, sondern einen wirklichen mit Stengeln.

An dem Tische stand Helene, die allein und ungewöhnlich geputzt war. Sie trug ein lichtblaues Seidenkleid mit herabfallenden offenen Aermeln, aus denen ihre weißen feinen Arme sich zwischen vollen durchsichtigen Manschetten hervorstahlen. In ihr Haar hatte sie kunstlos eine weiße Rose gesteckt. Das Zimmer und das Mädchen bildeten zusammen eine festliche Erscheinung. Hendrik glaubte, zu einer Gesellschaft gekommen zu sein, und sagte verlegen: „Ich komme nur auf einen Augenblick." — „Warum?" fragte Helene, die ihm einige Schritte entgegen gethan hatte. — — „Sie erwarten Gäste," antwortete er.

Sie schüttelte lächelnd den Kopf. „Nein, es ist nur eine Grille von mir, daß Sie Alles so aufgeputzt finden. Da wir den ersten Abend im Jahre zum ersten Male so ganz allein in der Fremde zubringen, so wollte ich es wenigstens schön haben und selbst schön sein. Kommen wird Niemand, die Bekannten, die wir erwarten konnten, sind alle schon hier gewesen — Sie sind der letzte."

„Lassen Sie mich Ihnen denn den letzten Glückwunsch bringen," sagte Hendrik, legte seinen Hut auf den Stuhl und kam dem jungen Mädchen näher. Helene trat ihm

auch noch mehr entgegen, sie standen vor einander, Hendrik
wurde bleich, das Zimmer schien vor seinen Augen zu
schwimmen, „no zalige, zulle," sagte er mit beklemmter
Stimme und hielt Helenen die Hand hin. Sie legte die
ihre hinein und antwortete herzlich, wenn gleich etwas weh=
müthig: „Glück zum neuen Jahr!" Hendrik zitterte, es war
unmöglich, kühn zu sein und sie zu küssen, er führte nur
ehrfurchtsvoll ihre Hand an seine bebenden Lippen und
blieb dann wie vernichtet vor ihr stehen.

Helene bat ihn, sich zu setzen — er that es, auf einen
Stuhl an den Tisch in der Mitte, wo der Blumenstrauß
stand. Er nahm diesen und bewunderte ihn. Helene, die
ihm gegenüber saß, nahm sein Lob als ihr gebührend an,
„denn," sagte sie, „ich hab' ihn Mama geschenkt."

„Am Weihnachtsabend haben Sie einen Baum gehabt,"
sprach Hendrik nach einer kurzen Pause. „Herreyns hat
mir davon erzählt. Es soll allerliebst gewesen sein."

„Ja, einige von unsern Kunstfreunden," sagte Helene,
den vlämischen Ausdruck scherzend betonend, „haben uns
am Weihnachtsabend eine Stunde geschenkt, um ihn uns
auf vaterländische Weise begehen zu helfen, damit wir uns
doch nicht gar zu sehr in der Fremde fühlen möchten,"
setzte sie mit einem leisen Zittern in der Stimme hinzu.
Helene war heute offenbar ungewöhnlich weich gestimmt,
deßhalb sprach sie mit Hendrik wieder einmal wie früher.

Er sagte sanft: „Ich hatte gehofft, daß Sie sich in
Antwerpen schon mehr daheim fühlten."

„Für gewöhnlich ja, an solchen Tagen nicht," entgegnete
sie. „Ich hab' es öfter sagen hören: es soll immer so sein,
wenn man im fremden Lande ist." Nach kurzem Schweigen
fuhr sie fort: „Mama wollte auch Sie zum Weihnachtsbaume
einladen, aber ich hielt sie davon ab, ich sagte ihr: Sie
wären völlig in Anspruch genommen."

„Das ist jetzt nicht mehr der Fall," sprach er zögernd,
indem er wiederum die Blumen betrachtete.

„Ah!" hauchte Helene unwillkürlich.

„Nein," sagte er, „ich — ich bin frei."

Helene hatte sich rasch gefaßt, und fragte ruhig theil=
nehmend: „Wie ist denn das gekommen?"
„Ich — habe einen Korb bekommen," antwortete er
lächelnd und rothwerdend. „O, ich habe ihn recht gern
genommen," setzte er rasch hinzu, als er Helene eine mit=
leidige Miene annehmen sah.
Sie konnte sich nicht enthalten zu fragen: „Warum
haben Sie ihn sich da erst geholt?"
„Ich hatte mein Wort gegeben," erwieberte er ernsthaft.
„Aber man hat es mir zurückgegeben," setzte er vergnügt
hinzu.
„Ohne daß Sie darum ‚Weide! Weide!' singen?"
„Weide, Weide?" wiederholte er verwundert.
„Wissen Sie nicht — das Desdemonalied in Othello?"
fragte Helene, ihrerseits verwundert.
Hendrik wußte Nichts davon; daß die Weide in Eng=
land der Baum der Verlassenen sei, hatte auch Othello noch
nicht gelesen. Helene hatte von der Mutter zu Weihnachten
die Tauchnitz'sche Ausgabe von Shakespeare bekommen, und
ging „Othello" holen. Die beiden jungen Leute waren in
die „Auskleidesszene" vertieft, als die Hofräthin eintrat. Hen=
drik sprang auf. Was er bei der Tochter nicht gewagt,
dazu hatte er bei der Mutter völlig den Muth. Er küßte
sie herzlich und sprach sein „ne zalige, zulle!" mit dem
echten vlämischen Vollton. Die Hofräthin gab dem jungen
Manne seine beiden Küsse mit guter Laune wieder. Helene
lachte und wurde roth dabei, denn sie dachte daran, daß
Hendrik auch sie hätte küssen können. Dann fragte die
Hofräthin, ob Hendrik den Abend bei ihnen zubringen könne?
„Deßwegen bin ich ja hier," antwortete er mit seiner un=
bezahlbaren Naivetät.

XXI.

Seit diesem Abend war Hendrik bei den Herrmanns
wieder ebenso zu Hause, wie er nur je gewesen war.
Man merkte es bald an der Haltung seines Blattes

Es schrie nicht mehr, es sprach. Es leierte nicht länger alle Tage sämmtliche Gemeinplätze des Liberalismus ab. O, was einem in Belgien der Liberalismus zuwider werden kann! Möglich, daß er nöthig ist, aber in dem Fall ist er eine höchst widerwärtige Nothwendigkeit.

Nun, Hendrik's Blatt erhob sich über die allgemeine Plattheit und Flachheit, deren sich die liberalen belgischen Blätter mit solchem Glück befleißigen, während sie so viel Gutes im Einzelnen stiften oder doch wenigstens anbahnen könnten, denn ihre Bestrebungen von 1859 z. B., den allgemeinen Volksunterricht durch Güte oder Gewalt einzuführen, werden keineswegs umsonst gewesen sein. Wenn auch die belgische Kammer im Jahre achtzehnhundertneunundfünfzig entschied, das Volk müsse der Konstitution nach das Recht behalten, so roh und unwissend zu bleiben, als befänden wir uns noch in dem Jahrhundert des Mittelalters, in der Sitzung eines kommenden Jahres wird die belgische Kammer auf ein Mal zu der Einsicht gelangen, das belgische Volk müsse, um wirklich ein konstitutionelles zu sein, zuvor seine Konstitution lesen können.

In dem Kampf für den „allgemeinen Unterricht" wurde Hendrik von Helenen denn auch auf das Eifrigste angefeuert, aber in seinen Aeußerungen über die allgemeine europäische Politik hielt und mäßigte sie ihn mit ihrer ganzen kleinen Erfahrung, und die war keineswegs gering zu schätzen. Helenens geistige Entwickelung hatte nicht umsonst in einer politisch so bewegten Zeit stattgefunden. Wer hört jetzt nicht von Politik, wer nimmt nicht Theil daran? Die Idylle einer blos verträumten Jugend ist in der modernen europäischen Gegenwart fast unmöglich, und wer weiß, ob sie selbst anderswo noch möglich sein mag. Helene hatte besonders viel von Politik gehört, weil die Mutter oft den Wohnort gewechselt und mit mannigfachen Menschen Umgang gepflegt hatte. Daheim d. h. beim Onkel, dem alten Militär, galten nur zwei Begriffe: Loyalität und Disziplin. In den Zirkeln, welche zu besuchen die Mutter sie am häufigsten nöthigte, wurde Alles in Frage gestellt, verändert, und, wie man überzeugt war, verbessert. Helene sah dort wie hier die Uebertreibungen, und bildete sich still für sich eine ziemlich unparteiische Ueberzeugung. Ihre Sympathieen waren auf der Seite, wo der Onkel stand, doch machte sie auch dem Gesetz der ewigen Wandlung Zugeständnisse, wenn gleich nicht immer freiwillig. Bei der aus dem Olymp der Tuilerien hervorgequollenen Gewitterdunkelheit, welche die ersten Monate des Jahres Neunundfünfzig so drohend unheimlich machte, war dieser klare Einblick Helenens für Hendrik eine wirkliche Wohlthat. Wo er das Recht nicht sah, da sah sie es, und deutete es ihm an. Ohne ihre besonnenen Zweifel hätte Hendrik, welcher wie ganz natürlich feurig für die italienische Einheit schwärmte, doch vielleicht da, wo Italiens Verderben war, sein Heil zu sehen geglaubt. Helene wollte überhaupt auch für später Nichts davon hören, daß man den Italienern zu Hülfe kommen solle. „Wer wird sich denn helfen lassen?" sagte sie vornehm. „Das taugt nie etwas, weder für einen Schüler, noch für ein Volk. Man hat nicht, was man sich nicht selbst erwirbt, man weiß nicht, was man nicht allein gelernt hat. Die Vlamingen haben sich doch auch zu einer Literatur verholfen. Nun müssen sie sich auch weiter helfen und nicht immerfort nach der Regierung schreien, wie Kinder nach der Mama." Das war nämlich der Vorwurf, welchen Helene ihren vlämischen Freunden machte. Hendrik nahm ihn nicht immer geduldig hin; auch in seinen Augen war die Regierung für Alles verantwortlich, was geschah und nicht geschah. Aber wenn Helene ihn spöttisch ansah, und mit ihrer altklugen Manier sagte: „ein Liberaler darf nun schon gar nicht die Regierung so viel belästigen," da gab er mit komischen Gesichtern geschwind nach.

Er gab Helenen überhaupt nach. Wenn er schon Cesarinen nicht widerstanden hatte, in Helenens Händen war er wie Wachs. Er gehörte zu den Charakteren, welche durch Frauen bedingt werden. Helene konnte sein Glück sein, wie Cesarine sein Unglück gewesen wäre.

Aber wenn sie ihm Nichts mehr sein wollte? Wie dann? Das fragte Hendrik sich öfter und öfter, und jedes Mal mit immer größerer Angst. Ihm war's, als würde der Boden unter seinen Füßen wegbrechen, wenn Helene von ihm ginge. „Und sie kann jeden Tag abreisen", sagte er zu sich selbst, „sie sagt selbst, daß sie hier nur eine Fremde ist." Zu Mutter, die ihn mehr als einmal liebend fragte: „Nik lieb, sieht sie Euch noch nicht gerne?" sagte er jedes Mal heftig abwehrend: „och, Mutter, sprecht-mir doch davon nicht."

Helene konnte nicht länger zweifeln, daß sie für Hendrik so gut wie Alles sei. Aber seit wann war sie es? „Seit die dicke blonde Person ihn nicht gemocht hatte." So dachte Helene, oder vielmehr so wollte sie denken. Ihr junger Mädchenstolz konnte die Demüthigung noch immer nicht überwinden, daß Hendrik zwischen ihr und Cesarinen habe schwanken können. So verständig und klar Helene im Allgemeinen war, hier war sie zu sehr Partei, um einsehen zu können, daß Hendrik ihr von dem Augenblick angehört habe, wo es möglich gewesen sei. Er hatte sich ihr in dem Maße hingegeben, wie er durch sie ein Anderer geworden war. Von Anfang an sie lieben konnte er nicht; er hatte da noch nicht den Begriff für ihr Wesen. Wäre er geblieben, wie er war, hätte Nien ihm völlig genügt. Sie hätte ihn nicht glücklich gemacht — man macht Andere nur durch das glücklich, was man sich selbst entzieht, und Nien brauchte, was sie besaß, für sich allein, und hatte da noch nicht einmal genug. Aber in und an ihr hätte Hendrik Nichts vermißt.

Jetzt war das anders. Durch Helene war ihm die Offenbarung des jungen Mädchens geworden, wie es sein kann, und, wenn gleich nur selten genug, auch ist. Jetzt bedurfte er, um glücklich sein zu können, die Verwandlung des jungen Mädchens in sein Weib. Es heißt, daß wer einmal in's Feenland entrückt worden war, sich auf der Erde nie mehr wieder recht zu Hause fühlen konnte, sondern sein Lebenlang das Bangen und die Sehnsucht dorthin in sich herumtrug. So konnte auch Hendrik, nachdem er Helene kennen und lieben gelernt, nie wieder zu seinem früheren lustigen Leben zurückkehren, welches sich zwischen der Redaktion und dem Estaminet getheilt hatte.

XXII.

Was vom Winter noch übrig war, ging in dieser Ungewißheit hin. Hendrik, der fast nicht mehr schlafen konnte, trieb sich etwa wie ein Geist, der sich beim Hahnkrähen in der Welt der Lebendigen verspätet hätte, in dem Tumult der Karnevalsfreuden herum, welche zu theilen Helene mit Bestimmtheit sich weigerte. Sie hatte, um so zu sagen, einen Ankerplatz gefunden, und zwar an der Stäffelei. Ihr Talent für die Malerei, welches sie bis jetzt in Gefangenschaft gehalten hatte, forderte endlich seine Daseinsrechte. Man sieht nicht ungestraft so lange und so viel Meisterwerke, wenn man selbst Bilder in der Seele hat. Helene sagte eines Tages mit ihrer gelassenen Entschiedenheit: „Mutter, ich muß auch malen." Sie hatte auch gleich ein Bild. Da, wo in Antwerpen zwei Straßen sich kreuzen oder zusammentreffen, sieht man fast immer in einer Nische an einer Ecke ein Marienbild. Die Volkssage erzählt, man habe ihrer so viele angebracht, weil man den Einwohnern dadurch Zufluchtsorte vor den Verfolgungen des langen Wappers habe verschaffen wollen. Der lange Wapper war das Stadtgespenst von Antwerpen, eines von jenen elastischen Gespenstern, wie man deren wohl auch anderswo im Volksglauben antrifft. Er lag als ein kleines Kind auf der Erde, und ließ sich aufheben und tragen, und dann wurde er schwerer als ein Stein, und fiel hin, und dann schoß er wie eine Rakete in die Luft, höher als der Thurm von Unserer lieben Frau und lachte oben das höhnische Geistergelächter, welches den Menschen, der es hört, wahnsinnig machen kann. Er blickte des Abends in die Zimmer im zweiten Stock, er kam durch den Schlot, er fuhr aus der Schelde heraus und warf die Leute hinein, er drehte ihnen wohl auch den Hals um; mit einem Worte, er war ein

Gespenst von äußerst unangenehmem Naturell, und ihm zu entgehen war nur möglich, wenn man sich in den Schutz eines heiligen Bildes flüchtete: darum die vielen Marien an den Straßenecken von Antwerpen.

Ein solches Bild nun in seiner Nische hatte Helene gewählt. Der Winterhimmel hing über den Häusern, die vor dem Frost geschlossen waren. Das Straßenpflaster war mit Schnee gesprenkelt, und vor der Nische stand eine Gruppe von Königssängern.

Die Königssänger ziehen zu Epiphanie herum, aber es sind nicht „die heiligen drei Könige mit ihrem Stern" — die kommen nur noch in Limburg vor. In Flandern und Brabant wandern die Sänger in ihrer Alltagstracht umher, und da sie zu den Aermsten gehören, so ist ihre Tracht die geflickte des Elends.

Die Gruppe, welche Helene nach eigener Anschauung darstellte, war auch eine solche. Sie bestand aus zwei Knaben und einem Mädchen von ungefähr sechzehn Jahren in dem vlämischen Kaputzenmantel von lila Kattun. Helene kannte das hübsche kleine Bild von Navez nicht, auf welchem eine junge Bettlerin, die ein Kind im Mantel trägt, mit so dunkeln spanischen Augen unter der lila Kapuze hervorsieht, aber sie hatte die Bettlerpoesie des Mantels nicht minder verstehend aufgefaßt, als der belgische Maler. Vielleicht mit ihrer Mädchenseele sogar noch tiefer und wehmüthiger. Sie hatte vielleicht noch schärfer gefühlt, wie kalt es die arme blasse Sängerin in der dünnen zerrissenen Hülle haben müsse, an welcher der kleinste der Knaben sich festhielt. Das Bübchen, ungefähr sechs Jahre alt, war ein so wunderbar zusammengeschnürtes Bündel von Kleidungsstücken, daß es alle Beschreibung unmöglich gemacht hätte, aber in Farben sich leicht und treffend wiedergeben ließ. Der größere Knabe, ein Jahr jünger als die Schwester, fror in einer geflickten und ausgewaschenen Blouse, und drehte den großen Stern, der von weißem Papier gemacht und auf der dem Publikum zugewendeten Seite mit kleinen Bildchen aus dem russisch-türkischen Kriege von 1828 be=

klebt war. Häufig werden in Antwerpen ausnahmsweise Liedchen des Volksdichters Jan Koes, der im vorigen Jahrh. lebte, oder wohl auch noch Elegieen auf den Tod Maria Theresia's gesungen, welche letztere mit dem Refrain schließen:

> Onz' Keizerin is overleden,
> Ja, onz' Maria Theresia.
> Uns're Kaiserin die ist verschieden,
> Ja, uns're Maria Theresia.

Aber von diesen drei Waisenkindern, denn sie konnten nichts Anderes sein, wußte man, daß sie zu einer der alten melancholischen Weisen, wie das vlämische Volk mit seinem Instinkt sie sich zur Weihnachtszeit in seinem trüben Lande ausgewählt hat, ein Lied vom Kinde in der Krippe sangen.

Das Bild gefiel während seines langsamen Entstehens und sichern Werdens Allen, die es sahen. Es freute die Antwerpner, daß Helene als ersten Vorwurf einen gewählt, welcher Antwerpen und das vlämische Leben zugleich auffaßte. Mit einem bei einer Anfängerin wirklich seltenen Verständniß hatte Helene den eigenthümlich alten Ausdruck begriffen, welcher bei dem vlämischen Typus oft mit der jugendlichsten Form gepaart erscheint. Der kleinste Bube z. B. runzelte die Stirn ganz so, wie man es im Vorbeigehen mit Befremdung bei den Kindern sieht, die auf den Gassen laufen oder spielen. Ich will damit durchaus nicht sagen, daß Helenens Bild ein Meisterwerk war, aber es versprach für die Zukunft sehr viel. Florent war ganz entzückt; er hatte es gar nicht geahnt, daß Helene auch malen könne. Warum sie es bisher nicht versucht, warum sie die mit der Mutter zusammen erworbene Fertigkeit nie angewandt, das blieb ihm allerdings unerklärlich; Helene sagte es nicht, und um es zu errathen, dazu verstand er sie doch nicht genug. Hendrik errieth es; vor ihm konnte Helene keine ihrer Eigenschaften mehr verbergen. Aber was half es ihm, daß er in dieser unaufhörlichen Zurückhaltung der Mutter wegen einen Grund mehr entdeckt hatte, um Helene zu lieben? Liebte er sie nicht schon genug, selbst viel zu sehr?

Mit Cesarinen war er nur noch zufällig einige Male zusammengekommen. Seine Gleichgültigkeit gegen sie war so vollkommen und so sichtbar, daß Cesarine nicht erst versuchte, ihn wieder zurückzulocken. Im März kam Edward eines Tages zu ihm, und erzählte ihm, daß Cesarine nun wirklich verlobt sei, und zwar mit einem Notar aus St. Nikolas. Dieses, einige Stunden tiefer als Antwerpen an der Schelde gelegene Städtchen hat das Unglück, mit noch einigen Städten in Belgien den Ruf zu theilen, daß sich bei seinen Bewohnern die Dummheit vom Vater auf den Sohn vererbe. Der künftige Vetter Edward's schien keine Ausnahme von seinen Stadtgenossen zu machen. Er war Wittwer, Vater von erwachsenen Söhnen, über fünfzig hinaus, und heirathete das lebenslustige Mädchen von vierundzwanzig Jahren. Indessen, es konnte besser ausschlagen, als es sich erwarten ließ. Der Notar wollte, wie Edward sagte, "etwas Frisches haben", Cesarine ihrerseits konnte sich nur mit einem Manne verheirathen, der reich genug war, um ihrem Hange zum Wohlleben und zum Müssiggange Vorschub leisten zu können. So bekamen sie Beide, was sie wünschten, und konnten sich ja wohl mit einander einleben. „Auf jeden Fall sind wir Rien los," sagte Edward zum Schluß. Hendrik wünschte ihm Glück dazu, ließ auch Rien als Braut des Notars Glück wünschen, und vergaß dann sowohl sie, wie seinen früheren Brautstand mit ihr, um sich ausschließlich mit seiner neuen Liebe zu beschäftigen.

Das Landschaftliche in vlämisch Belgien ist nur für die Vlamingen da, der Fremde, hauptsächlich der Deutsche mit seinem angeborenen Bedürfniß der Naturschönheit, sucht es umsonst. Für ihn giebt es in Vlandern und Brabant nur angebaute Gegenden. Das Poetische und Malerische findet er allein in den Städten.

Auch der Frühling erscheint anmuthiger in den Städten, deren alte Architektur er mit Grün durchwindet, als draußen auf dem Lande, wo ihm kein Eckchen und kein Fleckchen gelassen wird, um wilde Blumen hinzuwerfen, und mit am lieblichsten ist er in Antwerpen. Wenn unter den frisch ausgeschlagenen Bäumen am Grünplatz die ersten Blumen verkauft werden, und der Thurm der Kathedrale in der geläuterten Luft noch durchsichtiger, als sonst erscheint, dann weht und webt um das Standbild Rubens' her in Wahrheit der Frühling.

Dieses Jahr hatte er es besonders eilig. Was er sonst im Mai zu thun pflegte, das that er schon im April. Helene freute sich an ihm mit glänzenden Augen und lächelnden Lippen. Wieder und immer wieder sagte sie zu Florent Herreyns: „was ist es im Frühling hübsch in Antwerpen!" Zu Hendrik sprach sie nie davon, vielleicht weil er bei ihr dem Frühling ein wenig half, so wunderhübsch zu erscheinen und die Welt so ganz und gar zu verwandeln.

Wenn ihm das gelang, so wußte er Nichts davon. Ihm brachte der Frühling dieses Mal keine Freude. Ja, er grollte sogar Allen, die sich an der vorzeitigen Pracht freuten. „Es wird Alles wieder erfrieren," sagte er; „hier auf Erden sind alle Dinge ja nur schön, um zu verderben." Hendrik's Stimmung oder lieber Verstimmung äußerte sich nicht blos in solchen allgemein düstern Betrachtungen, sondern auch in seinem Betragen. Er war unlustig zu seinem Tagewerk, reizbar, ungeduldig zu Hause. Mutter, die ihn dabei auch noch fahl und mager werden sah, beunruhigte sich ungemein um Rik, aber sie durfte es sich nicht merken lassen, denn Rik wollte Nichts davon hören, sondern verlangte sehr energisch, in Ruhe gelassen zu werden.

Zugleich ging es mit dem drohenden Wirrwarr in der Politik fort. Mehrmals schon hatte die Hofräthin von ihrem Bruder Anmahnungen zur Rückkehr bekommen, indem bei einem Ausbruch für Belgien das Erste und das Meiste zu fürchten sei. Die Hofräthin hatte gerade ein Bild angefangen, welches sie gern ohne Unterbrechung fertig malen wollte: so schrieb sie denn vertröstend und beruhigend zurück, und machte dem Bruder bemerklich, wie rasch sie im Fall einer nahenden Gefahr über der Grenze sein könnten. Doch er blieb unruhig und wurde ungeduldig, hauptsächlich Helenens wegen, die sein Augapfel war. Gegen Mitte

April schrieb er wieder, und dieses Mal verlangte er das Heimkommen. Er war Helenens Vormund, so hatte er Rechte, welche die Hofräthin auch willig anerkannte. Sie las den Brief und sagte: „Lenchen, jetzt werden wir doch fort müssen, der Onkel wird böse" — —
„Warum werden Sie fort müssen?" fragte Florent, welcher mit Hendrik eben da war. Es war gegen Abend, Mittwoch den dreizehnten April, glaub' ich — ein Regensturm war mit der Schelde im Kampf. Helene stand am Fenster und sah zu; bei den Worten der Mutter wandte sie sich um, antwortete jedoch nicht. Die Hofräthin dagegen beantwortete die Frage Florent's, indem sie ihm das Verhältniß zu ihrem Bruder auseinander setzte. Florent unterbrach sie plötzlich. „Was ist, Van Loon?" fragte er, rasch zu Hendrik gehend, der sich leichenblaß auf den Tisch in der Mitte stützte. „O es ist nichts," erwiederte Hendrik, indem er ein Lächeln erzwang; „ich bin nur verloren." Die Hofräthin war ebenfalls herbeigekommen, und zwar im höchsten Erstaunen: in Folge der Blindheit, mit welcher die Mütter meistens geschlagen sind, hatte sie geglaubt, daß Helene für Florent eine Neigung habe; an Hendrik hatte sie nicht gedacht. Sie stand jetzt sehr verlegen da, und blickte von ihm auf Florent, der mit einem aus Theilnahme und Spott gemischten Ausdruck Hendrik ansah und eben den Mund öffnen wollte, um ihm zuzureden, als er sich gegenüber Helene erblickte. Sie war schnell und geräuschlos genaht, herangeglitten eigentlich. Die Mutter fuhr zusammen, als sie auf ihrem Arm die Hand des jungen Mädchens fühlte. Helene war so gesammelt wie immer, nur viel blässer als gewöhnlich. Aber klar und deutlich klang ihre Stimme, als sie sagte: „Mutter, bleiben wir hier."
„Ah!" sagte Florent.
Die Hofräthin warf ihm einen sehr betroffenen Blick zu, dann fragte sie: „warum, Lenchen?"
Helene hatte ihren Entschluß gefaßt; statt aller Antwort streckte sie die Hand nach Hendrik aus. Der junge Mann that einen unterdrückten Jubelschrei und faßte zitternd und

zögernd die ihm gebotene Hand. Als er aber sie erst in der seinen fühlte, und so zum wirklichen Bewußtsein dessen kam, was vor ihm und für ihn geschah, da bemächtigte er sich wild vor Entzücken auch der andern Hand Helenens, und kniete im nächsten Augenblick, Alles vergessend, was nicht Helene war, weinend, lachend und abgebrochene Worte durcheinander redend, vor dem jungen Mädchen, welches ihn gewähren ließ und ihn ernst und träumerisch betrachtete.

Florent hatte die Arme übereinander geschlagen, und fuhr fort, zuzusehen. Es war dies der sonderbarste Vorfall, wovon er noch je Zeuge gewesen war.

Noch überraschter, oder, es muß gesagt werden, noch verblüffter als er, war natürlich die Hofräthin. Ihre vernünftige Tochter stand da mit einem jungen Manne zu ihren Füßen, und schien darin nicht ein Mal etwas Besonderes zu finden. Die Hofräthin wußte nicht recht, ob sie wachte oder träumte, und erst nach mehr als einer Minute kam sie dazu, die beiden Worte herauszubringen: "aber, Lenchen!"

Bei dem Ton ihrer Stimme kam Hendrik wieder zu sich und sprang auf. Jetzt erst dachte er daran, daß Florent und die Hofräthin ihm zugesehen und zugehört. Er fing zugleich an, zu begreifen, daß er der Mutter eine Erklärung schuldig sei. Aber wie sie geben? Er mußte Helene sehr lieben und ganz und gar außer sich selbst gebracht sein, denn zum ersten Male versagten ihm die Worte, und er stand so verschämt und so verlegen da, als wäre er das junge Mädchen.

Helene dagegen verlor die Fassung keinen Augenblick. Tief aufathmend wandte sie sich, als Hendrik ihre Hände losgelassen hatte, zur Mutter und schmiegte sich an deren Schulter, dann sprach sie.

"Es mag sonderbar scheinen, was ich gethan habe, Mutter," sagte sie kindlich schmeichelnd, "aber — es mußte gethan werden — es konnte zwischen mir und Van Loon nicht lange mehr so bleiben. Da ist's denn recht gut, daß es so rasch gekommen ist, in Deiner Gegenwart.

Die gab mir Muth, und vor Herrn Herreyns schäm' ich mich auch nicht — er ist unser Freund." Sie hielt einen Augenblick inne, und fuhr dann, Hendrik wieder die Hand reichend, erröthend fort: „von Herrn Van Loon mußt ich's lange, daß — daß —" sie konnt' es doch nicht aussprechen — und endete schnell: „es fragte sich nur, ob ich ihm verzeihen könnte, aber — ich hab' es thun müssen."

„Was verzeihen?" fragte Hendrik hastig und beunruhigt.

„Fräulein Veydt," antwortete ihm Florent. „Haben Sie die ganz vergessen?"

„Ganz und gar," versicherte Hendrik ehrlich. Dann rief er plötzlich auf Blämisch: „ach, was wird Mutterglücklich sein!"

„Ich will's meinen — sie kann's," sagte Florent lächelnd.

Die Hofräthin hatte sich noch immer nicht recht gefaßt. „Was wird denn aber der Onkel sagen?" fragte sie rathlos die Tochter.

„Der Onkel?" wiederholte Helene, „der wird zuerst zanken, dann Nein und nachher Ja sagen, und endlich herkommen, um —"

„Die Hochzeit feiern zu helfen," endete Florent für sie. „Ja, das wird das Ende sein." Darauf sprach er sehr ceremoniös: „Meinherr Van Loon, ich habe die Ehre, Euch Glück zu wünschen."

„O, ich weiß noch immer nicht recht, wie mir geschehen ist," sagte Hendrik, mit der Hand über die Stirne fahrend.

„Wie es scheint, Herr Van Loon, sollen wir Schwiegermutter und Schwiegersohn werden," sprach die Hofräthin.

„Ja," antwortete er.

„Wollen Sie es aber auch?" fuhr sie fort.

„Ich? O mein Gott!" rief er. „Wenn ich nur sprechen könnte," setzte er hinzu, aber seine Stimme erstickte in Thränen.

Auch die Hofräthin fing jetzt an, zu weinen, umarmte Helene, umarmte Hendrik, umarmte sogar Florent, der es sich mit guter Miene gefallen ließ. Dann fragte sie: „aber was soll ich denn machen?"

„Bei uns bleiben, Mama," antwortete Helene liebkosend, und Hendrik wiederholte warm: „ja, bei uns bleiben."

„Kinder — eine Mutter im Hause" — sprach die Hof=
räthin anscheinend bedenklich.

„Eine Mutter im Hause ist nur gefährlich, wenn sie
Nichts zu thun hat," sagte Helene bestimmt. „Du malst,
Mama; Du hast keine Zeit, um den Hausfrieden zu
stören."

„Und wann gehen wir nach Deutschland?"

„Wenn Herr Van Loon ein Mal einen Urlaub von
seinem Patron bekommt, oder wenn nach fünf Jahren sein
Engagement aufgehört hat."

„Sie hat an Alles gedacht," sagte die Hofräthin. Da=
mit nahm sie Hendrik bei der Hand, und führte ihn an
ein Fenster, um sich etwas genauer mit ihm zu erklären
und zu besprechen.

Florent blieb Helene gegenüber, die sinnend am Tische
stand. Sein Blick ruhte mit Antheil auf den gesenkten
Augen des jungen Mädchens. Nach einem ziemlich langen
Schweigen frug er sanft: „Haben Sie auch wirklich an
Alles gedacht?"

„Ja," antwortete sie, mit dem Kopf leise ihre Be=
jahung bekräftigend.

„Sie kommen in neue Verhältnisse," fuhr er fort.

„Ich kenne sie."

„Und Sie werden Manches zu überwinden haben."

„Ich weiß es."

„Und Nichts schreckt Sie?"

„Nein," sprach sie und erhob das Auge klar und ruhig
zu dem besorgten Freund.

„Sie lieben ihn?"

„Ich liebe in ihm den Dichter und das Kind," ant=
wortete sie ruhig. „Später werde ich auch den Mann
lieben können. Wir werden zusammen lernen, uns ent=
wickeln nnd zum Ziele gelangen."

„So sei es," sprach Florent, drückte ihr herzlich die
Hand und verließ das Zimmer.